SSS級スキル配布神官の辺境セカンドライフ

左遷先の村人たちに愛されながら最高の村をつくります！

02

天池のぞむ
ill.ゆーにっと

contents

プロローグ

「獣人たちが暮らす里……ですか？」

ある日の昼下がり。

それはリドが午前分の畑仕事を終え、一息ついていた時のことだ。

一緒に作業をしていたラストア村の住人たちと昼食をとっていたところ、一人の村人がリドに話を振ってきた。

「ああ。リドさんはまだこの村に来て日が浅いから知らないのか。あの山の向こうにな、獣人族の暮らしている場所があるんだよ」

リドに話しかけた村人が山の方を指差す。

――ルーブ山脈。

リドたちが住まうヴァレンス王国と、隣国ブルメリアとの中間にそびえ立ち、国境的な役割を果たす山岳地帯だ。

かつてラストア村に鉱害問題が発生した際、リドたちが調査に出かけた鉱山都市ドーウェルが存在する場所でもある。

村人の話ではあの山の向こう――即ち隣国ブルメリアの端に、獣人族たちの暮らす里があるのだという。

「獣人族かぁ。僕、見たことないんですよね」

「リドさんは王都で神官やってたんだもんな。獣人族はあまり公の場所に姿を見せる種族じゃないし、確かにそっちの方じゃ目にする機会はないか」

「そうですね。信仰の問題なのか、エルフ族の人なんかはよく教会に来られていましたけど……。獣人族は山奥に住んでいると聞いたことがありますが、ラストア村の先に住処があったんですね」

「まあ、リドさんもそのうち目にする機会があるかもな。国は分かれちゃいるが、獣人族の連中とは最近少しずつだけど交流するようになってきたし」

「へぇ、そうなんですね」

リドは山の方から視線を戻しつつ、朝方ミリィが持たせてくれた弁当に手を付けていく。弁当箱の中身はミリィの気合いの結晶と表現しても良いだろう。

色鮮やかな卵焼きや採れたての野菜を使用したサラダ、香ばしく焼かれたパンに猪肉の香草包み焼き、などなど。朝早くからシスターとしての礼拝や朝食の用意があるにもかかわらず、ミリィはリドのためにとご馳走の数々を用意してくれたのだ。

といってもそれは純粋な献身だけではなく、リドへのアピールという打算が多分に含まれていたのだが……。

(うん、今日のお弁当も美味しい！　ほんとミリィにはいつも感謝だね)

満足げな笑みを浮かべながら弁当の中身を口に運ぶリドを見て、村人たちは「いいなぁ。青春だなぁ」と頷いていた。

「あれ？　でも、獣人族の人たちと交流があると仰っていましたが、この村に来たことなんてありましたっけ？」

リドが卵焼きを口に運んだ後で、浮かんだ疑問を口にする。

ラストア村にリドがやって来てからおよそ三ヶ月が経つが、その間リドは獣人族の姿を目にしたことがない。交流があるというならそれは妙だなとリドが小首を傾げていたところ、村人の一人から返事があった。

「確かにここ最近は獣人族の連中の姿を見ないんだよな。いつもならひと月に一度はこの村にやって来て物々交換なんかをしていくんだが」

「何かあったんでしょうか？」

「うーん。最後に来たのはリドさんがこの村を訪れるちょっと前だったかな。その時は別におかしなことはなかったように思うんだが」

「そうですか。少し気になりますね」

リドは再び山の方へと視線を向け、目を細める。

（獣人族か。会ってみたいけどな……）

そんなことを思い浮かべ、リドはまた午後の作業に取り掛かるべく弁当に敷き詰められたご馳走を口に運んでいった。

「あ、リドさん！　おかえりなさい！」

「ただいま、ミリィ」

夕暮れ時になって帰宅すると、リドは元気の良い声と弾けるような笑顔に出迎えられた。

ミリィがエプロン姿で調理場に立っており、頭巾の端から艶やかな銀髪が覗いている。

どうやらミリィは夕食の準備をしていたらしい。

ぐつぐつと煮える鍋の音が心地良く響き、肉と野菜の風味を優しく溶かし込んだような匂いが漂っている。

ひと仕事を終えたリドにとって、それはあまりに強烈な精神攻撃だった。

「どうでした？　今日の農作業は」

「うん、冬に向けた作業を色々とね。新しく収穫できた野菜なんかもお裾分けしてもらったから、ミリィに渡しておくよ」

「わぁ、大きいお芋がたくさんですね！　これは料理も捗りそうです！」

ミリィは野菜の入った麻袋を受け取ると、屈託ない笑みをリドに向ける。

「それとミリィ、お弁当ありがとうね。今日のもすっごく美味しかったよ」

「ふへへ……。ありがとうございます。リドさんにそう言ってもらえると頑張った甲斐があるってものですよ」

ミリィはだらしなく頬を緩ませ、受け取った野菜を調理場の木箱に詰めていく。

そしてリドから見えないよう密かに拳を握った。

アピール大成功である。

「よう相棒。戻ってたのか」

「あ、シルキー」

かけられた声にリドが反応すると、二階から黒猫がとてとてと降りてくる。

シルキーはうーんと伸びをした後、まだ眠いのか大きな欠伸をしていた。

「ただいま。もしかしてまた一日中寝てたの？」

「うむ。今日はひなたぼっこ日和だったからな。見てみろこの毛並み。いつにも増してフサフサだろう？」

そう言ってシルキーは尊大な態度で胸を張ってみせた。

シルキーはいつにも増してと言っていたが、ここ最近はいつもこんな感じなのでリドとミリィにはあまり違いがわからない。この時間まで寝ていて、ミリィの作った料理の美味しそうな匂いがしたから降りてきたと、そんな具合だろう。

「ん？」

ふと、シルキーが調理台の上に置かれた弁当箱とミリィとを交互に見やり、ニヤリと口の端を上げる。そしてぴょこんとミリィの頭の上に飛び乗り、リドには聞こえないよう耳打ちした。

（ふっふっふ。ミリィよ、お前今日もリドに愛妻弁当を作ったというわけか）

（あいさっ……！　え、えと、そんなつもりじゃあ……）

（んー？　じゃあ何のつもりだというのかなぁ？　どうせ、リドの手袋を掴もうとしてるんだろう？

このむっつりシスターめ）

（……シルちゃん、それを言うなら胃袋を掴む、ですからね。また言葉遣い間違ってますよ）

いつもの如くからかってきつつも言い間違えていたシルキーにミリィは溜息をつく。

一方でその様子を見ていたリドは「また二人とも楽しそうにやり取りしてるなぁ」と微笑を浮かべていた。

「そういえばミリィ。ラナさんとエレナは？」

「あ、はい。お姉ちゃんは夜の打ち合わせがあるからって村長さんとお話をしに出かけましたね。エレナさんはまだ――」

「ただいまですわ～！」

噂をすれば、だ。

陽気なお嬢様口調と共に家の扉が勢いよく開けられる。金の巻き毛を揺らし、家の中に入ってきたのはエレナだった。

「エレナ、お帰り……って、どうしたのそれ？」

見ると、エレナは巨大な角を抱えていた。

その角はエレナが両手で抱えるほどの大きさがあり、黒光りしている。

確か村の近くに出没する、グレイトブルという暴れ牛の魔物がこんな感じの角だったなとリドは思い当たる。

「ふふん。鍛錬から帰る途中で襲われたものですから、ちょこっと返り討ちにしちゃいましたわ。加工すれば何かに使えそうですし、せっかくなので師匠とミリィさんにお土産をと。お家に飾っても良いかもしれれませんわね」

「そ、そうなんだ。ありがとね」

グレイトブルは熟練の冒険者でも手を焼く魔物のはずだが、エレナはこともなげに言い放つ。

エレナは上機嫌で鼻歌を歌い、抱えた巨大な角をどこに飾ろうかと家の中を見回していた。

「やれやれ、エレナのお嬢さんよ。どうせ持ち帰るなら肉の方を持ち帰るとかだな」

「あ、シルキーさんには別でお土産がありますわよ。はい、池の近くで討伐したドラゴンフィッシュの切り身ですわ」

「うむ。くるしゅうない」

「もう、シルキーってば」

変わり身の早い愛猫にリドは嘆息しつつも、穏やかな一日の終わりを感じていた。

そうして各々がその日の用事を済ませ、食卓を囲む。ミリィの用意した料理の数々に皆で舌鼓を打ち、今日の出来事を話しながら会話に花を咲かせて――。

（昼間の話……。獣人族の人たちが姿を見せないってことだったけど、やっぱり気になるな。何か問題が起きていなきゃ良いんだけど……）

談笑の中でリドは、村人たちから聞いた獣人族の話を思い返していた。

★
★
★

一方その頃、隣国ブルメリアの某所にて――。

「お父様。それでは、行ってまいります」

「うむ……」

暗がりに包まれた木造家屋の中、神妙な面持ちで言葉を交わす二人がいた。

父と呼ばれた男の方は厳格な声で答え、娘を送り出そうとしている。

「ナノハよ。すまぬが頼んだぞ」

「はい、お父様」

家屋から出る前、ナノハと呼ばれた少女が振り返り、再び父と向かい合う。

それは決意に満ちた表情だった。

「本来であれば、お前一人に無理をしてほしくないのだが……。しかし此度の件、この獣人の里の命運がかかっておる。もしもこのまま大地の加護が得られないとなれば、我らは……」

「わかっています。私を育ててくれたこの里が錆びていくのを、黙って見てはいられません。それに……」

ナノハは胸の前で両手を握る。

そして、凛とした声で告げた。

「それに、かの噂の神官様であれば、きっとこの里を救う手立てを授けてくださるはずですから――」

一章　ラストアへの来訪者

「それでは次の方、どうぞー」

「よ、よろしくお願いします……」

ラストア村の教会前。行列の先頭にいた男性がミリィに招かれ教会の中へと入っていく。

男性は緊張した面持ちで祭壇の前にいるリドのもとに足を運んだ。

「ここに来れば凄い神官様がスキルを授けてくれると聞いてきたんだが……。それは君のことで良いのかな？」

「はは……。凄いかはわかりませんが、このラストアで天授《てんじゅ》の儀を執り行っています、神官のリド・ヘイワースです」

「あ、ああ。聖地にいるという伝説の神官様が、まさか本当に少年だとは……」

男性はリドが予想以上に若かったことに驚いたのか、複雑な表情を浮かべていた。そして簡単な説明の後、男性に対する天授の儀が執り行われることになった。

天授の儀――。

それはリドたち神官が執り行うことのできる、異能の力を授与する儀式のことだ。この儀を通じて様々な能力を開花させ、人はその恩恵に与ることになる。

どのようなスキルを授けることができるかは、神官の力量によって左右されるというのが定説である。その反面、なぜ神官がこのような儀式を行えるのかは未だ詳しいことがわかっていない。

授けることができるスキルも人により千差万別であるため、天授の儀は神が授けたくじ引きだと称する者もいる。

ただ、一つはっきりしていることがある。

リドが行う天授の儀は、他の神官が行うそれとは明らかに規格が異なるということだ。

「こ、これが……」

男性が思わず声を上げる。

リドが男性に手をかざすと、周囲に何十何百という数の文字列が現れていたのだ。

その全てがスキルの名称と内容を表す神聖文字である。

「この中から一つ選び、貴方にスキルを授与することが可能です」

「ど、どれでもか？」

「はい。どれでも、です」

リドに笑みを向けられ、男性は驚愕と困惑の入り混じった表情を浮かべていた。

「それじゃミリィ。この人にスキルの説明を」

「はい！」

補佐をしていたミリィがスキルの一つ一つを読み上げていく。その説明を聞いている途中、男性は落ち着かない様子だったが、同時に抑えきれないほどの高揚感を抱いてもいた。

それも無理はない。自身の人生に大きな影響を与えるスキル。その異能の力が今まさによりどりみどりで選べるのだから。

「そっか……。俺、この中からスキルを選べるのか」

男性は歓喜を噛みしめるように独り言を口にする。

通常、神官が天授の儀にて授与できるスキルに選択権などはない。そこに現れたスキルを半ば自動的に授けるばかりであり、だからこそ天授の儀は神のくじ引きと表現されるのだが……。

しかし、リドの行う天授の儀はスキルを「選ぶ」という行為を可能にする。

まさに規格外の儀式である。

「スキルの数が多い……。いや、それも凄いんだが、スキルの等級を表す文字色も上位のものばかりだとは……」

男性が漏らした言葉通り、スキルはその有用性を表す要素として色により区分されている。その中でも上位とされる赤文字、そして金文字のスキルがそこには数多く表示されていた。

偶然性を孕んだ強制ではなく、人の意思を介入させた任意へと。

リドの行う天授の儀はこれまでの定説を覆すものなのだ。

「はは……。こりゃあ、噂になるわけだ。凄すぎる……」

男性が呆然とする一方、まったくの同感ですねと、ミリィが未だ慣れない現象に苦笑いを浮かべていた。

★★★

「お疲れ相棒」

「あ、シルキー」

一通りの天授の儀を終えて。

リドが教会から村の広場に出たところ、シルキーがぴょこんと肩に飛び乗ってきた。

今日は午前だけで二十人はリドのもとを訪れていたが、これでもまだ少ない方である。最近はリドの噂を聞きつけて遠方からこのラストアを訪れる者も増えているのだ。

「ファルスの町に鉱山都市のドーウェル、王都グランデルや中には隣国のブルメリアから来ている人間もいたっけか。いやはや、大人気だな。吾輩も頭《ず》が高いぞ」

「シルちゃんの言葉の間違いは置いておくとして、本当に最近はリドさん目当てで来訪する方が多いですよね。各地で話題になっているってことだと思うんですが」

「ふふ。それだけ師匠が凄いってことですわね。流石ですわ」

シルキーやミリィ、エレナの言葉を受けてリドは照れくさくなりながら頬を掻く。

それでも喜んでくれる人が大勢いるのは神官冥利に尽きるなと、リドはお人好しな満足感を胸に息をついた。

「おーい、リド君！」

すると、中央広場にいるリドに向けて声をかけてくる人物がいた。

「あ、お姉ちゃん」

「何かあったのかな？」

ミリィの姉、ラナである。

ラナは牧草地の方から手を振っており、リドたちはそちらへと歩いていく。どうやらラナは村の子供たちに向けて青空教室を開いていたらしい。

牧草地の脇に生えた樹の下で、教師役を務めていたラナが笑みを向けてきた。

「やありド君。天授の儀が終わったようだな。お疲れ様」

「ラナさんも授業お疲れ様です。呼ばれていたみたいですが何かありましたか？」

「うむ、それなんだがな……」

ラナが困り気味に子どもたちの方を見やる。

すると、リドの登場に沸いた子供たちがきゃあきゃあと歓声を上げ始めた。

「リドお兄ちゃん！　じゅぎょーしてじゅぎょー！」

「リドさん、前に教えてくれたスキルの話、もっとしてくれよ！」

「わたし、あれ聞きたーい！　ミリィちゃんやエレナちゃんと一緒におっきなカエルを倒したときのおはなしー」

「シルキーちゃんもいるー。だっこさせてー」

「え、ええと……？」

リドが子供たちの勢いに押されてラナの方を見やると、ラナは「というわけだ」と言わんばかりに肩をすくめていた。

ここのところリドは神官の仕事以外にも村の雑事を積極的に手伝っている。

以前、その中で子供たちの授業を請け負ったことがあり、これが好評だったのだ。

魔物との交戦でも高い戦闘能力を発揮するリドだが、なにせ本職は神官である。ヴァレンス王国の歴史や地理などの一般教養はもちろんのこと、いずれ子供たちが授かることになるスキルの種類やその使用法などにも深い知見があった。

勉強家のリドは様々なことを子供たちに教えていたが、とりわけ人気を博していたのは、実体験を交えた魔物との戦闘に関する話である。

ラナの授業も決して人気がないというわけではなかったが、この手の話を語る上でリド以上の適任者はいなかった。

リドの話に好奇心旺盛な子供たちが食いつかないはずがなく、ことあるごとに授業をしてほしいと言われているわけだ。

「なるほどな。子供らにせがまれてリドを呼んだというわけか。前に授業やった時は大人気だったもんなぁ」

「そうなんだよ、シルキー君。教会から出てきたリド君を見かけて、この子らがどうしてもと聞かなくてな」

「まあ、子供らもラナみたいな酒豪女に教わるより、若いリドに教わる方が良いんだろう。その気持ちはよーくわかるぞ」

「……ふむ。それなら今夜は君が特別授業に付き合ってくれるのかな、シルキー君」

「え？　いや、違――」

「よし、久々に朝まで酒盛りといこうじゃないか」

「お、おおぅ……」

思い切り余計なことを言ってしまったとシルキーは青ざめていて、対象的にラナは怖いくらいに笑顔である。

からかったつもりが完全にやぶ蛇だったようだ。

その様子を見ていたミリィが「なるほど、こうやって対処すればいいのか」と、姉の華麗な対応に感心していたが、隣にいたリドとエレナは「参考にはならないと思う」と揃って苦笑いを浮かべていた。

「というわけでリド君、悪いがまた授業を頼めないだろうか？」

「わかりました。僕で良ければ」

そうして、リドが特別講師を務める授業が開始されることになった。


「そっかぁ。だから最近はよく『わいばーんのかぶとやき』が食べられるんだね。前は年に一度くらいのごちそうだったのに」

「うん。今じゃ村の人たちがワイバーンを狩れるようになったことで村の名産品にもなっているからね。他の村や町でも人気なんだよ」

「でもそれって要は、リドさんが村の大人たちにすっげースキルを授けてくれたからできるようになったんだよな？　やっぱリドさんはカッケーぜ！」

「はは……。でも、スキルは授かったその後も大事だからね。使いこなせているのはちゃんとその人が腕を磨いているからだと思うよ」

「うんうん。ウチのおとーさんもエレナさんがとっくんにつきあってくれるから強くなったって言ってた！」

「くぅー、いいなぁ。オレもはやくスキルを使えるようになりたいぜ！」

「ぼ、ボクはリドさんみたいなすごい神官になりたいなぁ」

「でも神官っていい人たちばかりじゃないんだよね？　前にリドお兄ちゃんたちが王都に行ったのもわるい神官さんをこらしめるためだっておかーさんが言ってたよ」

「……ああ、ドライド枢機卿《すうききょう》のことだね。確かに、あの時は色々とあったね」

「その時のおはなしもっと聞きたーい！」

「うん。詳しくはみんなが大きくなってからだけど――」

授業が始まってしばらくして。

賑やかな会話が弾み、子供たちは皆が目を輝かせていた。かつてリドの所属していた王都教会のトップ――ドライド枢機卿が黒水晶という石を利用して引き起こした事件についてだが、ラストアの子供たちの中にリドたちの活躍は武勇伝として伝わっているらしい。

「……」

あの一連の事件ではそれなりに色んなことが起こったわけだが、今ではこうして平穏が戻ってきていることにリドは感慨を抱いていた。

「あ、あの、リドさん。質問があるんですが――」

授業を進めていたところ、一人の子供が手を挙げた。

子供たちの中では大人しく、先程リドのような神官になりたいと発言していた男の子だ。

「うん、いいよ。なんでも聞いて」

リドが優しく返すと、男の子は少しだけ笑顔を覗かせる。

「ええと……。この世界には精霊《せいれい》さんがいるかもしれないって、ボクのお母さんから聞いたことがあって……」

「うんうん」

「その、精霊さんって本当に実在するのかなぁって……」

「ああ、なるほど」

男の子はもじもじとしながらリドの様子を窺う。

精霊というのは、この世界の各地に住まうとされている存在だ。

親が子供の躾をする際にも「ご飯を残すと精霊様に叱られますよ」「手伝いができて偉いね。精霊様のご加護があるよ」などと用いられることがあった。

要は便利言葉のように使われることが多い存在なのだが、ある程度大きくなった子供は本当に存在するのか疑問を浮かべることが多い。

「うん。精霊はいるよ」

しかし、リドはその疑問にきっぱりと答えた。

「精霊というのは目に見えない存在とされているからね。普通はなかなか出会うことがないと思うけど、実は精霊を喚び出すスキルなんかもあるんだよ」

リドの言葉に子供たちは「おおー」と声を上げる。子供たちと同じくリドの授業を聞いていたミリィも、確かにこれまで補佐をしてきた天授の儀でそういうスキルが表示されていたことがあったなと思い当たった。

リドは続けて語る。

精霊は様々な働きをしており、この世界の至る所で影響を与えていること。精霊の力は大きく、その力を借りて魔法のように不思議な現象も引き起こせることなど。

精霊にまつわる様々な事柄について、リドは子供たちに向けてわかりやすく説明していく。

「――それから、精霊の中には『大精霊』っていう存在がいると聞いたことがあってね」

「大精霊？」

「うん。僕もまだ見たことはないけど、僕のとてもお世話になった人が目にしたことがあるんだ。普通の精霊よりも遥かに強い力を持つ存在だって言っていたね」

子供たちが興味津々といった様子を見せる中、シルキーの尻尾の揺れ方が一瞬だけ変わる。

それはリドの話に思うところがあったからなのだが、その変化に気付く者はいなかった。

「大精霊かぁ……。会ってみたいなぁ」

「うん。良い子にしていればきっといつか会えると思うよ」

子供たちに笑いかけ、リドは授業を続けていった。


それからはミリィやエレナが実際にスキルや剣技を披露したり、子供の膝の上でぐるぐると喉を鳴らしていたシルキーが偉そうな態度でそれらを解説したりと。

そんな風にして授業は進んでいった。

「フフ。やっぱりリド君に授業を頼んで正解だったな」

「そうだね、お姉ちゃん。子供たちも楽しそうで良かった」

「子供たちにも好かれる師匠、やっぱり素敵ですわねぇ」

ラナやミリィ、エレナも、和気あいあいと盛り上がる授業を見ながら口々に感想を漏らす。

そして授業も終わりに近づき、リドが他に何か質問はないかと子供たちに問いかけた時だった。

「ねーねー、そういえば気になってたんだけど――」

シルキーを膝の上に抱えていた女の子が手を挙げる。

リドが促すと、その女の子はニンマリと笑いながら質問を投げかけた。

「リドさんって、ミリィちゃんと付き合ってたりするの？」

「え、ええ⁉」

「ちょっ――⁉」

突如投げかけられた質問にリドとミリィが揃って固まる。

その様子にキラリと目を輝かせたのはシルキー。

「まぁ」と言って口に手を当てていたのはエレナ。

「ほぅ？」と面白がっていたのはラナ。

それぞれがそれぞれの反応を見せる中、質問を投げかけた女の子が続ける。

「だってぇ、最近よくミリィちゃんがリドさんにお弁当つくってるよね？　あれ、すっごい気合いの入りようだと思うんだけどな〜」

ニヤニヤとした笑みを浮かべながら追い打ちをかける女の子。

リドが困惑したように頭を掻く一方、ミリィは背中を丸めて胸の前で手を組んでいる。

ミリィは顔を伏せていたが、その時の表情がどれだけ崩れていたかは想像するに難くない。

「はは、確かにミリィのお弁当は凄いけどね。でも、僕とミリィは別にそういう関係じゃ……」

「ソソソ、ソウデスヨネ、リドサン」

周りにいる子供たちも興味津々の様子だ。

シルキーが「いいぞもっとやれ」と尻尾をぶんぶん振っており、それに応えようとしたわけではないだろうが、女の子が尚も追い打ちをかける。

「えー。じゃあエレナさん？　エレナさんもすっごく可愛いもんね。キャー、さんかくかんけいってやつ？」

「わ、私ですか!?」

予想外の流れ弾を受けて今度はエレナが狼狽した。

そうして無邪気な、というかマセた質問で被害者が増えていく。

「わ、私が師匠と……」

「リドサント、オッキアイ……。オッキアイッテ、ナンデシタッケ？」

「ミリィさんしっかり！　変なこと言ってますわよ！」

撃ち落とされたミリィとエレナが顔を真っ赤にしていて、シルキーはご満悦な様子だった。

「ふんふん。とりあえず今のリドさんに特定の人はいない、と。じゃあ私もりっこーほしちゃおっかなぁ」

「ハ、ハハ……」

子供というのは恐ろしいものだなと、リドは引きつった笑いを浮かべるしかない。

「ふむ。リド君も大変だな。人気者は辛いというやつか」

皆の様子を見ていたラナが独り呟き、ある意味で波乱万丈の青空教室は幕を閉じていくのだった。

★ ★ ★

「いやぁ、それにしても今日は傑作だったなぁ」

夜になって、家に戻った後も上機嫌なシルキーがニヤニヤとしながらそんなことを呟く。

「まったく。高みの見物とは良い性格していますわね、シルキーさん。こっちは大変だったんですのよ？」

「そ、そうですよ。シルちゃんってば、あんなに面白がって」

「うんうん。良いものが見れて吾輩は満足だ」

夕食を終えて卓に残っていたエレナとミリィの反応を見て、シルキーは満足げに尻尾を振っていた。

「シルキー君。ご満悦なところ悪いが、さっき言われたことは忘れていないからな？　今日は付き合ってもらうぞ」

「お、おい待て酒豪女。吾輩をどうする気だ！」

「フフ。だから言ったじゃないか。朝まで酒盛りだと」

「朝までなんてそんな無茶な！　はな……離せぇえええええっ！」

シルキーはラナに抱えられ、断末魔の叫びのような声と共に二階へと消えていく。

その様子を見ながら、ミリィとエレナは「これが因果応報というやつか」と引きつった表情を浮かべていた。

「はぁ。シルちゃんってばいつも通りですね」

「シルキーさんらしいといえばシルキーさんらしいですわね」

「ふふ、そうですね。……あれ？　そういえばエレナさん。リドさんはどちらに？」

「何だか夜風に当たりたいから屋根に登るって言ってましたわよ」

「あ、なるほど」

「……ふふ。ミリィさん、師匠を追いかけてみたらいかがです？　きっとロマンチックなお話ができますわよ？」

「も、もう、エレナさんまでシルちゃんみたいなことを言って。そういうエレナさんは追いかけないんですか？」

「わ、私はその、真っ暗な中を出歩くのはちょっと……」

「あ、そっか……」

そんなやり取りを交わし、ミリィとエレナは溜息をつく。

「なんだか今日はどっと疲れましたわ……」

「そうですね……」

そして二人揃って疲労困憊の様子で肩を落とすのだった。


一方その頃――。

「……」

月明かりの下。

リドは屋根上に登り、ラストア村の向こうにそびえるループ山脈を見渡していた。

少しばかり冷たい夜風が夕食後の火照った体に心地良かったが、リドはどこか落ち着かない感じがして大きく伸びをする。

「あの山の向こうに獣人族が住む里があるんだっけ」

ループ山脈を眺めていたリドがなんとはなしに呟く。

まもなく冬支度を始めるであろう木々が月光を受けていて、雄大な自然を感じさせる光景だが、どこか哀愁の漂う光景だった。

「……」

リドはそんな景色を見ながらある言葉を思い出す。

――ここ最近は獣人族の連中の姿を見ないんだよな。

先日、ラストア村の住人が言っていた言葉だ。

前まではこのラストア村とも交流があったらしいが、ここのところ姿を見せていないという。

「僕がラストアに来る少し前。ということは、ドライド枢機卿が遠征に出かけていた時期と被るんだよね……。いや、考えすぎかな」

気にしてどうなるというものではないかもしれないが、リドの頭からはそのことがこびりついたように離れなかった。

「なんだろう。少し、胸がざわめくような……」

そうやってリドはまた独り呟き山脈を見やる。

そしてそろそろ冷えてきたなと、家の中へと降りる梯子に手をかけるのだった。

★
★
★

「そういえば、今日はお父様が来る日でしたわ」

ある日、昼食をとり終えてすぐのこと。

エレナが思い出したように言って、手のひらをぽんと合わせる。

「やれやれ、エレナのお嬢さんよ。そういえばってことはすっかり忘れてただろ。娘に忘れられるなんてバルガスのおっちゃんが可哀想だぞ」

「で、でも皆さんも忘れていたのでは？　私だけじゃないならセーフ、そう、セーフですわ！」

「ごめんなさいエレナさん。覚えていました」

「ミリィはおもてなしの料理のために材料も用意してたしね。僕も覚えてたけど」

「な、なんてことですの。私だけ……」

「この親不孝者め」

シルキーに揚げ足を取られ、エレナはガクリとうなだれる。

今の会話でやり取りされたように、今日はエレナの父、バルガス公爵がこのラストアにやって来る予定である。

バルガスといえばヴァレンス王国の統治者、ラクシャーナ王とも親交の深いこの国の要人とも言える人物だ。

以前エレナに天授の儀を行った時には既にそうだったが、ファルスの町の周辺に魔物が異常発生した問題を解決して以降、リドはそのバルガスに一目置かれる存在となっている。

リドが元々聡明で様々な知識を有しているということもあり、バルガスは自身の領地に関する相談などをするため定期的にラストアの地を訪れていたのだ。

無論そこには、「なかなか実家に顔を出さない娘に会うための口実」という意味も含まれているのだが……。

どうやら当のエレナはすっかりと忘れていたらしく、そんな状況にリドは力なく笑う。

「確か、午後には馬車で着くだろうってバルガス公爵の手紙にあったよね。もうすぐだと思うんだけど――」

ふと、リドが窓の外へと視線を向けると、豪奢な造りをした馬車が何台か村へと入ってくるところだった。恐らくバルガスを乗せた馬車だろう。

リドたちは揃って家を出て、その複数の馬車を中央広場で出迎えることにした。

「お？　なんだ、みんな集まってたのか」

皆が広場に集まる中、馬車の中から貴族衣装を着た熊のような人物――バルガスが現れ、リドたちは口々に歓迎の言葉をかける。

バルガスは軽い調子で挨拶を交わした後、エレナの方を向いて高らかに笑い声を上げた。

「いやぁ、可愛いエレナちゃんに出迎えられてお父さん嬉しいぞ。ガッハッハ！」

「と、当然のことですわ。お父様がせっかくラストアまでいらっしゃるんですもの……」

エレナが引きつった笑いを浮かべる脇で、「思いっきり忘れてたけどな」とシルキーが余計なことを言いかけたので、リドとミリィは揃ってシルキーの口を手で押さえる。

「と、そういえば今日はゲストが来ていてな。きっと驚くぞ」

「ゲスト、ですか？」

バルガスが意味深に言って、リドたちは馬車の方へと目を向ける。

そしてそこから姿を現したのは、バルガスの纏う貴族衣装よりも更に荘厳な衣服に身を包んだ人物だった。

「ら、ラクシャーナ王？」

「ハッハッハ。久しぶりだなリド少年よ。王都教会の一件があって以来か？」

突如現れた一国の王にリドたちは目を白黒とさせる。

そういえばいつもより馬車が多かったなとリドは思い当たり、あれはラクシャーナ王の護衛用の馬車なのだろうと理解した。

「おいおい、バルガスのおっちゃんよ。王様が来るなんて聞いてないぞ」

「ガハハ！　言ってなかったからな」

「ったく」

笑い声を上げているバルガスにシルキーが溜息をつく。

きっとリドたちを驚かせようとしたのだろう。

バルガスは悪戯が上手くいった子供のように高笑いを続けていた。

「あの、お久しぶりです王様。馬車酔いは大丈夫でしたか？」

「ああ、余裕余裕。前にミリィ君がくれたすげー薬草の貯蔵もあったからな」

「そ、それは何よりでした」

フランクな感じで親指を突き立てたラクシャーナにミリィは恐縮しながら言葉をかける。

バルガスもそうだがラクシャーナも変わっていないなと、リドたちは一様に困惑気味の笑みを浮かべていた。

「ところでラクシャーナ王、今日はどうされたんですか？　ラストアまでいらっしゃるなんて」

「うん、それなんだがな。ちとリド少年たちに頼み事があるのさ」

「頼み事？」

「ああ。後で詳しく話すが、コイツのことでちょっとな」

「これって……」

ラクシャーナ王が差し出した手にあった物体に皆の視線が集まる。

そこには、かつてリドたちが住むヴァレンス王国に混乱をもたらした黒い石――黒水晶が乗せられていた。

★・★

「うんうん。やっぱラストア村は良い所だなぁ。自然豊かだし、村の人たちもあったけえし。俺もこのまま休暇取ってのんびりしようかな」

「王よ、駄目ですぞ。公務もたんまり残っているのですから、まずはそれらをこなしていただかなければ」

「やれやれ、ガウスはお堅いねぇ」

「王が柔軟すぎるのです」

バルガスとラクシャーナがラストアに着いてから少しして。

リドたちは村の集会所へと場所を移していた。

今は皆で卓を囲み、軽口を叩くラクシャーナに付き人のガウスが溜息をついているところだった。

「王様、紅茶をお淹れしました。よろしければどうぞ」

「お、どれどれ……。うん、ミリィ君が淹れる紅茶も磨きがかかってるな！　この分なら良いお嫁さんになれるぞ」

「お、お嫁さんっ……」

ミリィがラクシャーナの言葉に狼狽えてリドの方をちらちらと見ながら反応を窺う。その平常運転っぷりに、ミリィの肩に乗っていたシルキーが呆れていた。

「むっつりシスターよ。そのくだり、前に王様が来た時にもやってたからな。からかわれるのは結構だが、新鮮味がないと吾輩は満足せんぞ」

「べ、別にシルちゃんを満足させるためにからかわれてるわけじゃありませんから！　というか、私の反応で面白がらないでくださいよぅ……」

ミリィは言って、紅茶を運んでいたトレイで真っ赤になった顔を覆う。王が来ているのに緊張感のなさは相変わらずだなと、エレナとバルガスの親子は互いに顔を見合わせていた。

「さて、と」

和やかな空気が漂う中、ラクシャーナが切り替えるように咳払いを一つ挟む。

先程話していたことに触れるのだろうと、皆の目はラクシャーナへと注がれた。

「念のためのおさらいだが、元王都教会のトップ、ドライド枢機卿が遠征先で黒水晶を利用していたことは知っていると思う」

「はい。魔物の変異や異常発生に関わる黒水晶を各地に撒いて、それを王家の仕業に見せかけようとした事件ですね」

「そう。まあ、要は政変を狙った反乱活動だったわけだが、そのおかげで少しばかり厄介なことになっていてな」

「厄介なこと？」

「ドライド枢機卿の遠征先はヴァレンス王国内だけじゃなかったってことさ」

「え……？」

ラクシャーナ王が言った言葉にリドは声を漏らした。

ミリィの膝の上に乗っていたシルキーが卓上に身を乗り出し、皆の疑問を代弁する。

「ってことは何か？　あの野郎、他の国にも黒水晶をバラ撒いていたってことか？」

「うむ。正確に言うと、隣国のブルメリアでも黒水晶がいくつか発見されている」

「なるほど。黒水晶を王家の仕業に見せかけるなら他国にもあった方が色々と都合良さそうだよな。でも、それって大丈夫なのか？　ドライドの奴がやったこととはいっても、ヴァレンス王国の責任にされちゃったりするんじゃないか？　ひょっとしたら国どうしの問題に……」

「ああ、その点は大丈夫さ。俺、あそこの王様と仲良いからな。事情を説明したらちゃんとわかってくれたよ」

ラクシャーナが軽く言って、シルキーは眉をヒクつかせる。

普通に考えればシルキーの言った通り国際問題に発展してもおかしくない事件である。少し強引な解釈を挟めば賠償責任を追及できる要素にもなり得るからだ。

しかし、ラクシャーナに言わせればその手の心配はないという。

「マジか……。けっこうな問題だと思うんだが、それを仲が良いからって理解してもらえるもんなのかよ」

「はっはっは。俺ってば顔が広いからな。これも日頃の行いってやつさ」

「シルキー殿が懸念なされるのもわかります。しかし、こう見えて我が王は対諸外国においてかなり信頼の厚い方でして」

「こらガウス。こう見えては余計だろ」

ラクシャーナは飄々とした態度を崩さなかったが、リドはなるほどと感心していた。

普通、国と国との境目にはもしもの時に備えて砦やら関所やらが設置されているのが基本だが、ヴァレンスとブルメリアの間にそのようなものはない。連日リドが行っている天授の儀にもブルメリアからの来訪者がいるほどだ。

つまりこれは両国の関係性が相当に良好であること、そしてラクシャーナの外交的な手腕が卓越していることを意味している。

そんな事情を察して、リドだけでなくミリィやエレナ、シルキーまでもラクシャーナに尊敬の眼差しを向けていた。

「はー。王様って思ったより凄かったんだな。これが『能無しの鷹は爪を隠す』ってやつか？」

「……リド少年、シルキー君は言い間違えてるってことでいいんだよな？　俺を弄るためにわざと言ったりしてないよな？」

「すみません……。よくやるんです……」

ミリィが膝上に乗った黒猫を窘めていたが、当のシルキーは何がマズいのかわからず疑問符を浮かべていた。

だいぶ話が脱線したなと、ラクシャーナはミリィが注いでくれた紅茶に口を付ける。リドやミリィ、エレナも同じように紅茶を啜り、大きな問題になっていないことに安堵していた。

「あれ？　でもラクシャーナ王。先程は僕に頼み事があると仰っていましたが？」

「それなんだがな」

ラクシャーナはカップをソーサーの上に置き、言葉を続けた。

「結論から言おう。リド少年たちには、ある場所に置かれた黒水晶を回収してほしい」

「黒水晶を、回収？」

「ああ。前にバルガスんとこの領地、ファルスの町付近に黒水晶の影響を受けたギガントードって魔物が現れる事件があっただろ？」

「はい。他にも大量の魔物が現れた事件ですね」

「そう。そのことからもわかる通り、黒水晶は放置していい代物じゃない。それにブルメリアの王様の理解が得られたといっても、元はヴァレンス王国の教会が残した産物だからな。後始末はこちらでやるのが筋ってもんだし、俺の方で兵を集めて回収に当たらせているんだ」

ラクシャーナがそこまで言って、シルキーがふんすと鼻を鳴らす。

「なるほどな。だからリドたちにも黒水晶の回収をやらせたいと。でも、それならさっき言ってた回収隊に任せりゃいいんじゃないか？　わざわざリドが出向くまでもないだろう。人手が足りてないのか？」

「こらシルキー。そんな言い方しなくても」

「いや、いいさ。シルキー君の疑問ももっともだしな。人手が足りていないというのは確かにあるんだが、この件にはもっと別の問題があるんだ」

「別の問題、ですか？」

「うむ。……ガウス、あれを頼む」

「はっ」

ラクシャーナが後ろを振り向き指示すると、付き人のガウスが卓上にあるものを広げていく。

それは大型の地図であり、このヴァレンス王国のみならず周辺各国も網羅された代物だった。

「これは、大陸地図ですか。以前見せてもらった地図よりも更に大きいですね」

「ドライド枢機卿の遠征先を記した地図ですわね。印が付けてありますが、黒水晶の在り処を示したものということでよろしいのでしょうか？」

「バルガスの嬢ちゃんの言う通りだ。つまり、この印を付けた地域にある黒水晶を回収しなくちゃならないってことなんだが……」

「一つだけ、印の範囲が広い箇所がありますわね。ええと、《カナデラ大森林》……？」

広げられた地図には丸で印が付けられていたが、一つだけ広域に及んでいるものがあった。

その印が指し示す地域が《カナデラ大森林》。

隣国ブルメリアの最南端に位置する森林群の名だった。

「この場所、僕たちがいるラストア村に近いですね。というより、ルーブ山脈を挟んで向こうの国境付近にある。ということは……」

「察しの通り、古くから獣人族が住まうとされる森の名称だ」

「やっぱり……」

「そして、リド少年たちにはこの地域の黒水晶を捜索・回収してほしいと、そういうわけだ」

ラクシャーナは「もちろんそれなりの報酬は用意させてもらうからな」と補足したが、リドの思考は別のところに及んでいた。

「《カナデラ大森林》は相当に広い森林群らしくてな。黒水晶が設置された正確な場所がわかっていない」

「ドライドの奴は？　当の本人に吐かせりゃ手っ取り早いんじゃないか？」

シルキーが物騒なことを言ったが、ラクシャーナは静かに首を振る。

聞けば、ドライド枢機卿は王都教会の地下でリドに制圧されて以降、目を覚ましていないらしい。

「で、だ。ラストア村は獣人族とも交流があると聞く。獣人族であれば広大な《カナデラ大森林》の地理にも明るいだろうし、黒水晶のことについても心当たりがあるかもしれない。だから、その者たちと連携を取れれば黒水晶の回収も円滑に進められると思うんだよな」

「あの、ラクシャーナ王。実は――」

「ん？」

リドはここ数ヶ月、定期的にラストアを訪れていた獣人族の姿が見えないこと、そして獣人族がラストアに姿を見せなくなった時期がドライド枢機卿の遠征時期と被っていることなどを説明する。

ラクシャーナもバルガスも、リドの説明を聞き終えると難しい表情を浮かべていた。

「ふぅむ……。ラクシャーナ王よ、獣人族は何かしら黒水晶の影響を受けていると見るべきでしょうな。魔物の多発化で対処に追われているか、それとも別の何かか」

「バルガスの言う通りだろうな。獣人族は高い身体能力を持つとされている種族だし、そう簡単に魔物の手には落ちないと思うが……。チッ、厄介なものを残してくれたもんだぜ」

重い空気が漂い始める中、エレナが両手を合わせて口を開く。

「良いことを思いつきましたわ！　それなら、私たちの方から獣人族の里に出向くのはいかがですの？　そうすれば獣人族の方たちの現状もわかりますし、困り事があるのでしたらお力にもなれるかと――」

「あの、駄目なんですエレナさん。確かに私たちラストアの住人は交流がありますが、獣人族の住む場所までは誰も知らなくて……」

「そ、そうですのね……」

「でも、確かにエレナの言う通りこっちから訪問するしかないかもね。僕も獣人族の人たちの状況は気になるし」

「とは言っても相棒よ、どうやって広い《カナデラ大森林》の中から見つけるんだ？　手当たり次第に探してたんじゃめちゃくちゃ時間がかかっちゃうぞ？」

「うん、それはそうなんだけど……」

黒水晶の回収と、獣人族の協力を取り付けること。

その二つを解決に導く具体案が出ずに、リドたちは考え込み沈黙する。

そんな時だった——。

沈黙を打ち破るかのように、集会所の扉が叩かれる。

ラクシャーナが入室を促すと、現れたのは入り口の護衛として立っていたはずのラナだった。

「失礼します」

「お姉ちゃん。どうしたの？」

ラナは珍しく焦りの表情を浮かべており、その場にいた皆を見回してから口を開く。

「お話し中にすみません。実は、ある方がお見えでして……」

「え……？」

ラナが告げると、後ろから一人の少女が姿を現した。

少女を目にした一同は揃って目を見開く。

小麦色の髪に、端麗な容姿が目を引いたからというのもある。

しかし、リドたちが驚いたのはもっと別のところに原因があった。

少女の腰からは狼のような尻尾が、そして頭からは獣の耳が生えていたのだ。

(獣人族の、女の子……?)

リドは驚きつつも、少女の様子が気にかかった。

獣耳を生やした少女の呼吸は荒く、明らかに憔悴しきっていたからだ。

「突然のご訪問、すみ、ません……。どうか――」

言葉が途中で切れ、少女の体はぷつんと糸が切れたように力を失った。

「お、おいっ」

傍にいたラナが咄嗟に抱き留めたことで事なきを得たが、少女の体はだらんとして動かない。

そして、皆の心配が寄せられる中、ある言葉をうわ言のように繰り返していた。

「どうか……。里のみんなを、救ってくだ、さい……」

二章　獣人族の少女、ナノハ

「すまんなリド少年。こんな状態で王都に戻るのは気が引けるが……」

「いいえ、仕方ないですよ。ラクシャーナ王やバルガス公爵は他の黒水晶回収の指揮も執らなければいけないお立場ですし」

「エレナちゃんよ、大変だろうが頼んだぜ。何かあったら手紙で報せてくれ。力になれることがあったら何でも協力するからよ」

「はい。お父様も忙しいでしょうけれど、ひとまず彼女のことは私たちにお任せくださいですわ」

ラストア村の中央広場にて。

馬車に乗り込むラクシャーナやバルガスらを、リドとエレナが見送るところだった。

訪れた獣人族の少女が突然意識を失うという出来事に遭遇し、一時は騒然となったラストア村。ミリィのスキルで召喚した上級薬草を少女に飲ませたところ呼吸は落ち着いたものの、意識を取り戻すには至らなかった。

今は少女をミリィたちの家で保護し、ベッドの上で寝かせている状況である。

リドたちは手紙で状況報告をすることを決め、ラクシャーナとバルガスは王都へと帰還することになった。

「それじゃエレナ、戻ろうか」

「はいですわ、師匠。あの女の子のことが気になりますしね」

リドとエレナはラクシャーナらを見送った後、家に向けて歩き出す。陽もまもなく落ちようかという時間帯で、リドとエレナは夕陽の朱に照らされていた。

「それにしてもあの子、一体何があったのでしょうか？　外傷などはないようでしたから魔物に襲われたとかではないのでしょうが」

「そうだね……。ミリィの薬草でも目を覚まさないし、不可解な点が多いよね」

「目を覚ましたら色々と聞いてみたいですけれど、今は待つしかないですわね」

リドとエレナは獣人族の少女の身を案じながら家へと辿り着く。

そしてそのまま、少女を寝かせている二階の部屋に向かった。

「あ、リドさん、エレナさん、おかえりなさい」

部屋の中にはミリィがいて、少女の額に乗せた濡れタオルを取り替えているところだった。

「ただいまですわ、ミリィさん」

「看病お疲れ様、ミリィ。その子の容態はどう？」

「はい。薬草を含ませてから良くはなっていると思うんですが、まだ目を覚まさなくて……」

「そっか……」

ミリィが体を拭いたようで顔などは小綺麗になっているものの、まだ意識は戻らないらしい。

少女の年の頃は十代後半といったところだろうか。体格はミリィほど小柄ではなく、どちらかというとエレナに近い。薄茶色の髪と頭部から伸びている同色の獣耳が印象的で、眠っている状態でも端麗な顔つきであることがわかる。まるで童話に出てくる美しい眠り姫のようだなと、リドだけではなくその場にいた誰もが感じていた。

「でも、とりあえず落ち着いたようで良かったね。あとは意識が戻ればいいんだけど」

「私の薬草でも回復が遅いのは気になりますね……。鉱害病に倒れていた村の人たちにも効いた薬草なのに」

「師匠。ひょっとして、黒水晶が何か影響しているんでしょうか？　確か、元々毒を放つ鉱石だと聞いたことがありますが」

「うーん。前にドーウェルで黒水晶の毒に侵された鉱夫たちにミリィの薬草を飲ませたことがあるんだけど、その時はすぐに効いたんだよね。それに、ドライド枢機卿が設置した黒水晶の影響を受けているなら、既に採掘時の毒は洗浄されているはずだし」

「それもそうですわね。うーん、わからないことだらけですわ」

エレナの言葉に頷きつつ、リドはベッドの上に臥せっている少女を見下ろした。

「それに、この子が倒れる時に言っていたことが気になるよね。里のみんなを救ってほしいと言っていたけど」

「もしかして、獣人族の人たちみんながこういう状態になっている可能性も？」

「うん。その可能性はあると思う。でも、獣人たちが住む里の場所がわからないんじゃ向かうこともできないし……」

リドの言葉にミリィとエレナが悲痛な表情を浮かべる。

目の前で問題が起きているのにただ待つことしかできない。そういう焦りを抱えていたリドたちに背後から声がかかる。

「ま、そう思い詰めてもしょうがないんじゃないか？」

リドたちが後ろを振り返るとシルキーがいた。

シルキーはトコトコ歩いてきたかと思うとリドの肩へと飛び乗り、いつもの位置に収まった。

「シルキー。どこかへ行ってたの？」

「吾輩の鼻でその娘さんの痕跡を追えないか調べてたんだがな、残念ながらラストア村の外までは追跡できなかった」

「そうだったんだね。お疲れ様」

「んむ。労いの言葉は素直に受け取るとして」

どうやらシルキーはシルキーで頑張っていたらしい。

リドに頭を撫でられながら、シルキーは満足げに鼻を鳴らした。

「なんにせよ、この娘さんは落ち着いてきたんだ。他の獣人族の件も焦って事が好転するわけでもなし、今は娘さんが目を覚ますのを待とうぜ。『果報は寝て待て』ってやつさ」

「「「……」」」

「む、なんだお前ら。そんな意外そうな目を向けて」

「いや、シルキーがこういう時に言い間違えないなんて珍しいなと」

「な、なんだかシルルちゃんらしくないですよね」

「雪でも降らないと良いのですけれど。いえ、明日降るのかもしれませんわね」

「よし。とりあえずお前らが我輩を馬鹿にしているのは伝わってきたぞコンチクショウ」

シルキーは尻尾をぴんと立てて悪態をついたが、逆に可愛らしい感じがしてリドたちは吹き出してしまった。

「でも、シルキーさんの言う通りですわね。こういう時は悩みすぎてもしょうがないですわ」

「そうですね。この子が目を覚ました時、美味しい料理をお腹いっぱい食べてもらうために準備しておかないと」

「ふふ。シルキー、ありがとね」

「何を感謝されているのかイマイチわからんが、お前らが辛気臭い顔をしても始まらんからな。さて、

『腹が減っては道草ができぬ』とも言うし、そろそろメシでも食おうぜ」

「「「……」」」

シルキーの言った言葉にリドたちは顔を見合わせる。

やっぱりシルキーだなと思いつつ、三人は笑い合うのだった。

★
★
★

翌日――。
皆で昼食をとり終え、食卓に座ったままのリドが本を広げていた。赤い装丁がなされたその本は、

いつも読んでいるものとは趣向が違う本のようである。

そのことが気になったのか、食器の片付けで残っていたミリィが声をかける。

「リドさん、何を読まれているんです？」

「ああこれ？　カナン村長にお願いして借りてきたんだけどね。獣人族のことが書かれている本なんだ」

「獣人族のことが？」

「うん。さすがに獣人族の住む里の位置までは載っていなかったけど、色んなことが書いてあって勉強になったよ」

「へぇ。どんなことが書かれていたんです？」

「それはね――」

答えようとしたリドが本から顔を上げ、椅子から転げ落ちそうになる。

本を覗き込んでいたことで、ミリィの顔が思ったよりも近くにあったのだ。

ミリィはどうやら朝風呂に入ったらしく、石鹸の匂いがふわりと漂う。

いつぞやの脱衣所でミリィと鉢合わせてしまった事故（といってもそれはシルキーのせいなのだが）を思い出してしまい、リドは酷く赤面した。

「リドさん？」

「あ、ごめん。なんでもないよ」

ミリィが上目遣いに見てきて余計に慌てるリドだったが、咳払いをしてどうにか平常心を保とうとする。

いつもとは二人の反応が逆転しており、この場にシルキーがいたなら極上の餌になっていただろうが、生憎今はエレナと共に食糧調達へと出かけていた。

「えっと、何が書いてあったかだったよね」

「はい。私にもぜひぜひ教えてください」

屈託ない笑みで教えを乞うミリィに、リドは深呼吸を一つ挟んでから説明することにした。

「この本には獣人族と他種族との違いや特徴なんかが記されていたんだけど、特に目を引いたのは信仰だったかな」

「ほうほう」

「獣人族はどうやら住む土地の地脈と密接な関わりを持つらしくてね。獣人族が高い身体能力を持っているのも地脈の影響を受けているからなんだとか」

「地脈、ですか……？」

「うん。その土地に流れる不思議な力を指す言葉だね。やや漠然とした表現だけど、この本では『大地の加護』って書いてあった」

「つまり、獣人族の人たちは大地の加護のおかげで高い身体能力を持っているってことなんでしょうか？」

「そういう解釈で問題ないと思う。その力はスキルとはまた別物とのことだけど、だからこそ獣人族の間には、大地に対する感謝を重んじた信仰が根付いているらしい」

「ああ、確かに獣人族の方たちがこの村に来ていた時は『大地の恵みに感謝を』って皆さんよく言っていましたね」

ミリィは合点がいったように頷き、リドがそれに対して説明を続ける。

「そして、このことからあの女の子が倒れた原因が見えてくるかもしれない」

「あの女の子が倒れた原因？　あ、もしかして……」

「そう。獣人族が大地の加護を受けて活動している種族ならば、その土地に何かしらの異変が生じているんじゃないかなって」

「な、なるほど。そうなると、《カナデラ大森林》のどこかに置かれた黒水晶が悪さをしているのかもしれませんね」

「僕もそう思う。だとしたら、やっぱり早めに黒水晶を回収する必要がありそうだ」

「そういう、ことになりますね……」

生じている問題に対する仮説と解決策を挙げ、リドは本を閉じた。

リドもこのラストアで活動するようになってから特に実感したことだが、そこに住む者にとって土というのはとても重要な意味を持っている。

仮に土壌が汚染されれば農作物にも被害を及ぼすし、そこに根ざす植物の生態系が狂えばそれは他の生物にも影響するだろう。

要するに、土とそこに住む生物とは切っても切り離せない関係なのだ。大地から加護を受けている獣人族からすれば、その重みは更に大きいだろう。

「大地と共に生きる種族、か……」

リドが本の表紙に書かれた文字をなぞりながら読み上げる。

そして、その本をそっと食卓の上へと置いて。

眠っていた獣人族の少女が目を覚ましたのは、それから三日後のことだった――。

★★★

「リドさん、エレナさん！　あの子が目を覚ましました！」

朝――。

二階にいたミリィがそんな声を上げて階下に降りてきた。

どうやらシルキーと一緒に獣人族の少女の様子を見に行ったところ、ちょうど意識を取り戻すところだったらしい。

リドとエレナはすぐに反応し、揃って獣人族の少女が眠っていた部屋へと向かう。

そのまま開いていた扉から中に入るとまずシルキーがおり、その奥――ベッドの上に体を起こす少女の姿があった。

「あ、あの……」

知らない場所で目を覚ましたからだろう。獣人族の少女はシーツを胸の前に手繰り寄せ、やや戸

惑った表情を向けている。

「「……」」

少女の姿を見て、ミリィとエレナは揃って同じ反応を見せる。というより、固まる。

その少女はあまりに可憐すぎたのだ。窓から差し込む陽光の中で眠り姫が目を覚ましたような、そんな光景を目の当たりにして女性陣はひそひそと声を交わした。

（ミリィさん、この方……）

（はい。初めて見た時や寝ている姿からも思っていましたけど……）

（ええ、改めて思いましたわ……）

そんなやり取りをした後、二人は顔を見合わせて、

（（す、凄く綺麗な人……！））

同じ感想を口にした。

「おう、やっと来たか」

少女の前に鎮座していたシルキーの言葉で、硬直していた二人が我に返る。

「ええと、黒猫様？　この方たちが今お話ししていた？」

「ああ、コイツらがこの家の住人だ。いきなり倒れたお前さんを介抱していた奴らだよ」

シルキーが事前にある程度の説明をしていたようだ。

少女はリドたちの方に向き直ると、礼儀正しく頭を下げてきた。

「皆さんが私を助けてくださったのですね。本当に、感謝いたします」

「ううん。当然のことをしただけだよ。君が無事で良かった」

少女はまだ体が重そうだったが、意識ははっきりとしているようだ。

とても丁寧な口調でリドたちに対して感謝の意を告げる。

「っと。いきなりごめんね。僕はリド。このラストア村で三ヶ月ほど前から神官をやっているんだ」

「リド、様……？　それでは貴方が例の……」

「え？」

「い、いえ、申し訳ありません。私はナノハ。獣人族のナノハと申します」

少女は自身の名を名乗り、また頭を下げた。

「はじめまして、ナノハさん。ミリィです。起きられて本当に良かったです」

「エレナですわ。突然倒れられたからびっくりしましたのよ。ご無事で何よりですわ」

ミリィとエレナの二人も互いに挨拶を交わし、ナノハの回復を喜び合う。

「さっきも言ったが、吾輩がシルキーだ。ま、好きなように呼んでくれればいいさ」

「わ、わかりました。リド様、ミリィ様、エレナ様に、シルキー様と」

全員に様付けをするなんて高貴なお姫様のようだなと、リドたちは少し驚いた。

とはいえ、ナノハの高潔な印象からすればそれが自然なようにも感じられて、一同はほぅっと溜息をつく。

ミリィともエレナともまた違う印象だ。

「くっくっく。どこぞの令嬢さんよりよっぽど上品じゃないか」

「ちょっとシルキーさん。なんで私の方を見て言うんですの？」

「はは……。でも、本当にナノハさん、お姫様みたいですね。すっごく綺麗な方ですし」

「き、綺麗だなんて、そんな……」

シルキーがいつもの調子で軽口を叩き、それで場が少し和んだ空気になる。

どうやらナノハの歳はリドたちとさほど変わらないらしく、年頃の少女らしい一面もあるようだ。

それから少し談笑を挟み、シルキーが切り替えるように声を上げた。

「さて。それじゃ一旦、状況の整理からしないとだな。ナノハのお嬢さんよ、お前さんに一体何があったんだ？」

何があったのかとは、数日前に突然ナノハが倒れたことについてだ。

ナノハは胸に手を当て、その問いに答え始める。

「私が獣人族であることは見ての通りおわかりかと思います。実は今、獣人族たちが住む里にとある問題が生じているのです」

「問題？」

「はい。一言で言えば、土地の『枯れ』です。私たち獣人族は大地の加護を受けて活動している種族。そしてその元となる大地が今、枯れ果てようとしているのです」

「……」

やはり、リドが書物を読んで推測した通りだったようだ。

ナノハの話によれば、獣人族の里に起きた異変は三ヶ月ほど前から始まったのだという。

農作物の育ちが悪くなり、食糧が枯渇してきたことに加え、そこに住んでいた獣人たちが一人、また一人と倒れ始めた。

その中でもある事情によりナノハだけは動けたらしいが、それでも先日のように倒れてしまったのだと。

「里の者たちが次々に倒れ始め、私はその看病に当たっていました。しかし、回復の兆しが見られないことから、自分たちだけでの解決は難しいだろうという話になり……。それで、里の外に助力を求めることになったのです」

「なるほど。三ヶ月前、ということは獣人族の人たちがラストアに姿を見せなくなった時期と一致するね。やっぱり、その頃から異変は起きていたのか」

ナノハ曰く、獣人たちの中で唯一まともに動けたのが自分だったため、救助を求めるためラストアへと急ぎ向かったらしい。それでも夜通し歩いてくるという無茶をしたために、倒れてしまったとのことだ。

話を聞きつつリドは頷いていたが、それでも解せないことはいくつかあった。

リドはその疑問についてナノハに問いかける。

「獣人族の人たちが倒れたのは土地が枯れたことが原因だと言ってたけど、何か心当たりはあるの？ 自然に起こることじゃなさそうだし、ある時を境に変化したように思えるんだけど……」

「リド様の仰る通りです。スキルを持った者が調査した結果、土地が枯れたのには何かしらの外的要因があるだろうという見方になりました。そして、それが発覚した際、私たちの頭にはある一つの出来事が思い浮かびました」

「それは、一体……」

「リド様もご存知の方が、私たちの里を訪れたのです」

「……っ。じゃあ、ドライド枢機卿が？」

リドの言葉にナノハは首を縦に動かす。

そして柔らかい笑みを浮かべ、紫の瞳をリドに向けた。

「リド様のご活躍、私たち獣人族の耳にも入ってきておりますよ」

つまり、ナノハたち獣人族はドライドがヴァレンス王国で企てた一連の反乱騒動を知っているということなのだろう。

そして、それが一人の少年神官により打ち破られたということも――。

「ふふん。流石は吾輩の相棒だな。異国の地にもその名前が轟いているとは」

「別に轟いているわけじゃないと思うんだけど……。それに何でシルキーが偉そうなのさ」

「吾輩と相棒は『突進同体』の間柄だからな」

「はいはい、一心同体ね」

言いつつ、リドは肩に乗ったシルキーの頭を優しく撫でる。

そして話題を元に戻すべく、再びナノハに向けて問いかけた。

「ドライド枢機卿が里を訪れたと言ってたけど、その時に何があったの？」

「その方は獣人族に古くから伝わる遺跡の話を聞き、興味を抱いたようでした。その時は教会の者が各地を視察しているという話でしたし、特別不審な点も見られなかったのでご案内をしたのですが……」

「そうか。じゃあきっと、その時に……」

黒水晶を設置したのだろうと、リドたちは顔を見合わせる。

黒水晶の性質やこれまでに起こった事件の詳細について共有すると、ナノハの表情は険しいものとなった。

「なるほど。つまりあのドライドという者が私益のため黒水晶を各地に設置していたということですね。そして、恐らく私たちの里にある遺跡にも……」

「でもよ、それなら事は簡単なんじゃねえか？　ドライドの設置した黒水晶がどういう原理で土地に悪影響を及ぼしているのかはわからんが、その遺跡とやらに行って黒水晶を回収しちまえば万事解決だろ？」

「それが……。ドライドという者が訪れて以降、遺跡周辺に強力な魔物が徘徊するようになったのです。そのため、弱った私たちでは近寄ることすらできず……」

「チッ。魔物の多発化と凶暴化かよ。ファルスの町の時と一緒だな」

シルキーが苛立たしげに舌打ちする。

ナノハの話から明らかになった獣人族の里を巡る問題。

それに対してリドがどういう反応を取るかは決まっていた。

「ナノハ。その問題、協力させてほしい」

「え……？」

「倒れた時に言ってたよね。里のみんなを救ってほしいって。僕たちにもその手伝いをさせてほしいんだ」

確認を取るまでもなく、ミリィ、エレナ、シルキーもリドの言葉に頷き、ナノハに視線を向けていた。

「み、皆さん……」

「はっはっは。ナノハのお嬢さんよ、観念するんだな。リドのお人好しっぷりは一度決めたら突き進んじゃうからな。泥舟に乗ったつもりでいてくれて大丈夫だぜ」

「ど、泥舟は沈んじゃうと思うんですが……」

「ナノハさん。シルちゃんのこれは癖みたいなものなので、真面目に受け取らなくて大丈夫です。よくあることですから」

「何だと、むっつりシスター。お前の恥ずかしい話、全部バラすぞ」

「そ、それは反則ですよ！」

賑やかなやり取りが開始され、ナノハはぽかんと口を開けたままでいる。

しかしやがて、その表情は笑みへと変わった。

「皆さん、ありがとうございます。本当に、助かります」

そしてナノハはリドたちにもう一度頭を下げる。

その言葉に応え、リドたちは獣人族を救うために動くことになった。

三章　獣人族の里へ

「ラナさん。村のこと、よろしくお願いします」

「ああ、こちらの方は任せてくれ。リド君のことだから心配はいらないと思うが、道中気をつけてな。無事解決することを祈っているよ」

「はい。ありがとうございます」

ラストア村の広場にて。

ラナやカナン村長をはじめとして、事情を聞きつけたラストア村の住人がリドたちの見送りに集まっている。

励ましの言葉を受け、リド、ミリィ、エレナ、シルキー、そしてナノハの四人と一匹はラストア村を出発した。

「さて、まずはこのループ山脈を越えないとだね。ナノハ、獣人族の里まではどのくらいかかるかわかる？」

「はい。来る時は五日ほどかかりましたが、その時は私の体が弱っていましたので……。この調子で進めば、恐らく明日には到着できるかなと」

「そっか。今日のうちに山頂付近までは進んでおきたいね」

山道を登りながらリドは概ねの旅程を確認していた。

リドはもちろんのこと、小さい時からラストア周辺の野山を駆け回っていたミリィ、そして魔物との戦闘で鍛えられたエレナと。

今進んでいるのはそれなりに勾配のある山道だったが、一行は苦にすることなく登っていく。

「皆さん、動きが凄く軽快なのですね。頼もしい限りです」

「ふっふっふ。そうだろうそうだろう」

「シルちゃん、リドさんの肩に乗りっぱなしで歩いてないじゃないですか……」

「羨ましいか、むっつりシスターめ」

「それはもちろん羨ま……じゃなくて。というかシルちゃん、その呼び方は禁止！」

「あの、シルキー様。むっつりシスターとは？」

「それはだな――」

「教えるのも禁止ぃ！」

シルキーに弄られるミリィに真面目なナノハが加わり、いつもより賑やかなやり取りをしながら一行は進む。

そんな中でリドはナノハの状況を気にかけ、時折声をかけていた。

「ナノハは大丈夫？　病み上がりだし、無理はしないでね」

「お気遣いありがとうございます、リド様。しかしこの通り問題ありません。私が持つスキルの効果もありますので」

ナノハはその言葉通り、少しも遅れることなくリドたちに同行している。

始めはナノハを歩かせるのは大丈夫かと心配したのだが、それは杞憂だった。

ナノハは少し前まで臥せっていたとは思えないほどに身軽な動きを見せている。

「ナノハ。念のため確認なんだけど、ここまで回復が早いのはナノハのスキルの影響があるからなんだよね？」

「はい。ミリィ様の薬草がなければこのように動けなかったのは事実です。しかし、私の持つスキル――【聖天使の息吹《ホーリーブレス》】には傷や病を癒やす効果があるのです。ですから……」

「そうか。なら、他の獣人族の人たちをミリィの薬草で治療したとしても、ナノハと同じように回復するとは限らないわけか」

「はい……」

ミリィがスキルで召喚できる上級薬草は、かつて普通の薬草では治療できなかった鉱害病にも効果を表した万能薬である。

しかし、ナノハが現在の状態まで回復できているのは、ナノハ自身の持つスキル効果によるところが大きい。

ナノハは元々この【聖天使の息吹《ホーリーブレス》】というスキルを持っていたからこそ、大地が枯れている状況下でも活動できていたようだ。

つまるところ、ミリィの薬草だけで獣人族を根治させることはできず、やはり黒水晶に対して何かしらの処置をしなければならないということだ。

「大丈夫ですよ、ナノハさん。きっと私たちがお力になりますから！」

「ええ、ありがとうございます。ミリィ様」

険しい山道を進みながらミリィがナノハを元気づける。

その配慮に感謝して、ナノハもまた皆に笑みを返すのだった。


「うわぁ。深い谷ですね」

「向こう岸までは……駄目だね。距離があるし、迂回するしかないかな」

少し歩いて、リドたちは渓谷へと差し掛かっていた。

遥か下に流れる川が山を削り取ったことでこの地形をつくり出したのだろう。

対岸まではかなりの距離があり、とてもではないが渡ることはできない。

「来る時もこの渓谷を通りましたが、あいにくご覧の状況でして。ここを真っ直ぐに進むことができればかなりの短縮にはなるのですが……」

「し、しし、仕方ないですわよね。今は師匠の言った通り、迂回して先に進むことに致しましょう。なるべく、崖に近づかないようにしながら」

エレナが震えながら声を絞り出す。

高所恐怖症のエレナは崖下を覗くことすらできず、ミリィにしがみついていた。

「うーん。どこかに橋でもあれば良いんですけどねぇ」

「じ、冗談じゃありませんわ、ミリィさん。こんな高いところ、橋があったって絶対に渡りませんからね！」

「わ、吾輩もごめんだぞ。もし落っこちたらどうするつもりだ」

「エレナさんにシルちゃん、相変わらず高い所が苦手なんですね」

あまりの狼狽っぷりが少しおかしくて、ミリィは苦笑する。

いずれにせよ向こうへ渡るには別の道で行くしかないなと、一行は迂回した道を進むことにする。

「……」

実はその時、リドは向こう岸に渡るための策を思いついていた。

……のだが、高所恐怖症のエレナとシルキーがこの深い谷の上を渡ることに賛成してくれないだろうなと、仕方なく諦めることにする。

「あっ！」

歩き出そうとしたところ、突然ミリィが何かを思い出したかのように声を上げた。

「こらミリィよ。いきなり大声を上げるな。びっくりして落っこちちゃうだろうが」

「す、すみません」

「えっとミリィ？　どうかしたの？」

「あ、はい。そういえばと思い出したんですが、リドさんの『神器』を使えば向こう岸に渡れるんじゃないかなぁって」

「ええと、《ソロモンの絨毯》のこと？」

「それですそれです」

今、ミリィが大仰な身振りで伝えようとしている『神器』とは、リドのスキルで召喚できる様々な能力を秘めた道具の総称である。

同時に、かつての騒乱において数々の尋常ならざる力を発揮し、リドの活躍を支えた代物でもある。

リドが基本的に常時携帯している大錫杖、《アロンの杖》のように戦闘に使えるもの、姿を隠すもの、鍵の解錠を行うものなど、神器の種類や効果は多岐に渡る。

そして《ソロモンの絨毯》とは、一言で表現すれば空飛ぶ絨毯だ。

「《ソロモンの絨毯》ならすいすいーって飛んでいけますし、何なら獣人族の里までそのままひとっ飛びなんじゃないでしょうか?」

高所や高速移動が平気なミリィは目を輝かせていたが、対照的にそれらが苦手なエレナとシルキーは青ざめていた。

もっと言えば嬉々として語るミリィに対し「頼むから余計なことを言わないでくれ」と、目で訴えかけていた。

「残念だけど、《ソロモンの絨毯》は一定の高度までしか上昇できないんだ。ほら、サリアナ大瀑布でギガントードを倒した時も、途中から上昇できなくなったでしょ?」

「ああ、確かに」

「ソロモンの絨毯だとルーブ山脈を越えるほどの高度は出せないし、こんな風に高い所で広げると、そもそも浮かばなくなっちゃうんだよね。仮に浮いたとしても途中で谷底に落ちちゃったら大変だし……。だから、やっぱり徒歩で進むしかないかな」

「そうですか。仕方ないですね。あれ、けっこう楽しいんですが……」

今度はミリィが残念そうに肩を落とし、エレナとシルキーは安堵の表情を浮かべている。

「空を飛ぶ絨毯ですか……。そんなものがあるのですね」

「リドさんの神器は色々と凄いですよ。ちなみにナノハさんは高い所平気ですか？」

「ええと……」

そうして色々とやり取りをした結果、ナノハはミリィ側だということが判明した。

＊＊＊

「陽も落ちてきたし、これ以上進むのは危険かな」

「そうだな相棒。そろそろこの辺りで休む場所を作ろうぜ。エレナのお嬢さんがブルブル震えだしそうな時間だしな」

「べ、べべ、別に震えはしませんわよ？」

「はいはい」

広大なルーブ山脈の山頂にそろそろ近づこうかというところ。

リドたちはその日の進行を止め、夜を明かす「宿」を作ることにする。

「それじゃミリィ、お願いね」

「はい。お任せください」

幸いにも先程の渓谷以外、ループ山脈は木々に囲まれていた。

こういう時にはミリィのスキルが大活躍である。ミリィは自身のスキル――【植物王の加護】を使用し、周囲にある木々を変形させていく。

程なくして木の家が完成すると、ナノハが感嘆の声を上げた。

「す、凄いですねミリィ様。こんな簡単に大きな家を作ってしまうとは……」

「ふふ、ありがとうございます。でも、このスキルはリドさんに天授の儀で授けてもらったものですから。凄いと言うならリドさんの方ですよ」

「そうですか……。噂には聞いていましたが、本当に凄い神官様なのですね、リド様は」

二人からの絶賛にリドは照れて頬を掻く。

「ふふん。なかなか見る目あるじゃないか」

その様子にシルキーが得意気に胸を張るまで、お決まりの流れだった。


夜が迫り、皆で焚き火を囲んで食事をとる。

宵闇に焚き火の朱《あか》が灯る中、ナノハはしみじみと呟いた。

「なんというか……。皆さんといると、驚きの連続ですね」

「うんうん。私もラストアにリドさんが来てからはそんな感じでしたよ。もちろん、今も驚くことばっかりですけど」

温かいスープを皆で啜りながら談笑する。

そうしてしばらく時間が経った頃だろうか。不意にミリィが口を開いた。

「そういえば、ナノハさんのスキルって珍しいですよね」

「私のスキルがですか？」

「はい。スキルっていうと使用を念じて発動するものが大半だと思うんですが、ナノハさんのは常に発動してる感じだなぁと」

「私が師匠から授かった【レベルアッパー】というスキルも似ていますわね。まあ、私のは主に戦闘で効果が発揮されるスキルですけれど」

ミリィとエレナが言った言葉にリドが頷く。

「常時発動型のスキルだね。ナノハが寝ている間にも働いていたみたいだし、確かにちょっと珍しいスキルかな」

【聖天使の息吹《ホーリーブレス》】だっけか？　さっき山道を登る時にも話してたが、疲れなんかも取れやすいんだろ？　吾輩も欲しいくらいだ」

「シルキーは寝てばっかりだからいらない気がするけど……」

「なんだと相棒」

リドの膝上に収まっていたシルキーがぺしぺしと尻尾で叩く。

「ふふ。きっと、授けてくださった神官様が優秀だったのでしょうね。私に天授の儀をやってくださった時も会心の出来だと仰っていましたし」

「……へぇ。ちなみにどんな神官さんだったの？」

「かなり年老いた方でした。グリアム様という方なのですが」

「えっ⁉」

「おいおいマジかよ」

神官の名を聞いたリドとシルキーが揃って声を上げる。

少し遅れてミリィもそれに反応した。

「あれ？　グリアムさんって確かリドさんの……」

「うん。行き場を失《な》くしていた僕を拾ってくれて、スキルを授けてくれた人だ」

「吾輩の元飼い主でもあるな。変わり者のジジイだったが」

「そ、そうだったのですか？」

リドの言葉を聞いて、今度はナノハが驚きの表情を浮かべる。

思わぬ共通点があったものだと、リドとナノハは互いに顔を見合わせていた。

「そういえばあのジジイ、吾輩とリドを置いてちょくちょくいなくなることがあったからな。きっとナノハのお嬢さんと会ったのも、そんな中での出来事なんだろう」

「でも、そのグリアムさんという方、凄いですわね。師匠に授けたスキルはもちろん、ナノハさんに授けたスキルも希少なものらしいですし」

「そうだね。ナノハの言った通り、本当に優秀な神官だったと思うよ」

ナノハはリドの微妙な言い回しで察したのだろう。

頭から生えた獣耳を力なく垂らし、残念そうに俯いた。

「ということは、グリアム様は……」

「うん……」

「できればまたお会いして、お礼が言えたらと思っていたのですが。残念です……」

「でも、大往生だったよ。本人も笑ってそう言ってたし。むしろ、悲しんだら化けて出てやるとも言ってたかな」

「そう、ですか……。確かに、そのような雰囲気のある方でしたね」

ナノハはリドの言葉を受けて夜空を見上げる。

口には出さなかったが、グリアムに対して感謝の念を捧げているのだろうと、リドにはなんとなくわかった。

そんなナノハの姿を見ながら、シルキーが尻尾を揺らす。

シルキーの表情は珍しく真剣で、その琥珀色の瞳は遠いものを見るように細められていて……。

「……？」

いつもと違う雰囲気のシルキーに気づいたミリィが、小首を傾げていた。

✶ ✶ ✶

――翌朝。

ナノハの案内で獣人族の里を目指していたリドたちは、《カナデラ大森林》へと足を踏み入れていた。

深い森、と。一言で表現するならばそうなるだろうか。

同じ種類の木々が並ぶせいで方向感覚を失いそうになる場所だった。

「獣人族の里の場所は世間一般に知られていないと聞きますが、それも納得ですわね。ナノハさんの案内がなかったら間違いなく迷子になっていますわ」

「昔は外敵から身を隠すため、という理由があったとお父様が言っていました。ブルメリアも平和ですし、今ではそのような心配はないらしいのですが。たまに道に迷った旅人さんを保護することもありますね」

「なるほど。とりあえず、はぐれないように気をつけますわ」

同じような木々に囲まれた中を進んでいく一行。時折魔物とも遭遇したが、リドたちの敵ではなかった。

ナノハも高い身体能力を誇る獣人族というだけあり、戦闘でも勇ましい活躍ぶりを見せていた。

そうして進むこと数時間――。

「こちらです」

ナノハが言って、リドたちは短い岩の洞窟を潜る。

それを抜けると、開けた大地が目の前に広がっていた。

「ここが……」

「はい、リド様。私たち獣人族の住む土地――《ユーリカの里》です」

ラストア村の雄大な自然とはまた違う、どこか殺風景な景色が広がっている。

恐らくその印象を強くしているのは枯れた木々のせいだろう。

冬が近いからという理由とも違う。まるで樹木が飢餓に苦しんでいるような、そんな光景だった。

「ナノハのお嬢さんが言ってた通りだな。ラストアにある土と違ってカピカピだ」

シルキーが地面に鼻を寄せて呟く。

その言葉通り、《ユーリカの里》の土は干上がっていた。

「とりあえず、集落に着いたけど……」

リドが呟くが、出歩いている住人は見られない。

里の住人たちが臥せっているという事前の話通りなのだろうと、リドたちは沈痛な表情を浮かべる。

「ナノハ、獣人族の人たちは？」

「ええ。あちらに」

ナノハが指さしたのは里の中でも一際大きい木造の建物だった。

「リド様。まずは皆に戻ったことを報告したく思います」

「そうだね。行こう」

リドたちは自然と頷き合い、その建物へと向かう。

扉を開けると、そこには多数の横たわる獣人たちがいた。

獣人たちは現れたナノハの姿を見て、よろよろと体を起こす。

「姫様……？　姫様が戻られたぞ！」

そんな声が臥せっていた獣人から一斉に上がった。よろめきながらも駆け寄ろうとする者が大勢いて、それをナノハが慌てて制する。

そして少し間があり、リドたちは獣人たちが言った言葉に遅れて反応した。

「え？　姫様……？」

◎四章　古代遺跡へと

「やれやれ。ナノハのお嬢さんが獣人族のお姫さんだったとはな」

「はぁ……。びっくりしました」

「お姫様のような方だなとは思っていましたが、まさか本当だなんて驚きですわ」

獣人族たちの住まう里――《ユーリカの里》に到着してから少しして。

ナノハが仲間の獣人たちに帰還を伝える姿を遠目に見ながら、リドたちは先程明らかになった事実について言葉を交わしていた。

「でも、色々と納得したよね」

「そうですね。ナノハさん、すっごくお淑やかというか、高貴な感じが出ていましたし」

「やっぱり、どこぞのなんちゃってご令嬢とは違うよな」

「シルキーさん、人はそれぞれですのよ？」

「ぐぇっ」

エレナが首根っこを掴んで抗議すると、シルキーは変な呻き声を漏らした。

そのやり取りに苦笑する一方、リドは建物の中に横たわったままの獣人たちを見やる。

皆弱っている、というのが第一印象だった。起き上がることもままならない者が多数で、苦しそうに咳き込む獣人もいる。

今ナノハが話しかけている獣人の女の子も顔色が悪く、自分たちの姫の帰還を喜びながらも時折苦しそうに胸を押さえていた。

女の子はナノハに対し気丈に振る舞おうとしていたが、それが却って痛々しさを感じさせる。

「……」

その様子を見ながらリドは、初めてラストア村に来た時のことを思い出していた。

「似ていますね。ラストア村に鉱害病が流行った時と」

「うん……」

ミリィの言葉にリドは頷く。

膝をついて一人ひとりに話しかけているナノハの姿も、かつてのミリィのように仲間たちへの献身性を思わせるものだ。

どうにかしてやりたいと、リドの中でそんな思いが強くなっていく。

そうしてしばらくすると、獣人たちとの話を終えたナノハがリドたちのもとへと駆けてきた。

「すみません皆さん。お待たせしました」

「ううん。それよりも、ミリィの薬草はどうだった？」

「ええ。皆に飲ませたところ、効果がないわけではなかったのですが……」

「やっぱり完全には回復しない、か……」

ナノハは手にしていた上級薬草をきゅっと握りしめる。獣人たちのためにとミリィが持ってきたものだったが、鉱害病の時とは異なり根治するには至らないらしい。

そもそもこの現状は、住む土地の影響を強く受ける獣人族の特性が悪い方に働いて起きているものだ。

道中でも話していた通り、リドたちの中でも推測していた状況だったのだが……。

「ま、元々の原因が原因だしな。ちょっとでも薬草の効果があるなら良かったじゃねえか。獣人たちも少しは楽になったみたいだしな」

シルキーが言ってミリィの肩をぽんと叩く。

それはシルキーなりの励ましでもあったのだろう。ミリィは僅かに笑みを浮かべてシルキーの背を撫でていた。

「それで、これから皆さんには私のお父様に会っていただきたくて」

「ナノハのお父さん……。ということは獣人族の族長を務める人か」

「はい。皆さんのご紹介もしつつ、諸々の報告ができればと」

「そうだね。一度状況を整理したいしね」

リドたちはナノハに連れられて奥の部屋へと向かう。中に入ると、木造りの寝床の上に大柄の獣人が横たわっていた。

獅子のたてがみを思わせる長い髪と巨漢ぶりから、これがナノハの父にして獣人族の族長を務める人物だろうと、リドたちは理解する。

「……おお、ナノハか」

「お父様、ただいま戻りました」

ナノハが寝床に近づくと、その獣人はゆっくりと体を起こす。

体が弱っている影響だろう。苦しそうに咳き込むが、ナノハの帰還を知り安堵した様子でもあった。

「お、お父様。無理をなされてはいけません」

「いや、よい」

ナノハの父は娘を優しく一瞥した後、リドたちの方へと視線を向ける。

憔悴した様子ではあるものの、威厳を感じさせる力強い目だった。

「ナノハよ。この者たちが？」

「ええ。今回の件に協力してくださるラストア村の方たちです。私も、危ないところを助けていただきました」

ナノハは父に薬草を飲ませた後、ここに至るまでの経緯を掻い摘んで説明していく。

その話を黙って聞きながら、ナノハの父は時折小さく頷いていた。

「――というわけです」

「ふむ。そんなことが……」

ミリィの薬草の効果で少しは楽になったらしい。ナノハの父は話を聞き終えると、リドたちに向けて頭を下げた。

「ナノハの窮地を救ってくれたこと、そして里の者たちのために来てくれたこと、心からの礼を言わせてもらいたい。本当に、感謝してもしきれぬ……」

「いえ、僕たちは当然のことをしたまでです。それよりも今回の件、お力になれることがあればと考えています」

「吾輩たちの力は折り紙付きだからな。任せてもらっていいぞ、獣人のおっちゃん」

「シルキー、また失礼な呼び方を……。ほんとに君ってば……」

「よいよい。そのくらいの方がこちらも接しやすいしな」

「ほれみろ。獣人のおっちゃんもこう言ってるぞ」

「はぁ……。シルちゃんが相変わらずすぎます」

「もうシルキーさんのこれは治らないかもですね。らしいと言えばらしいのですけれど」

相変わらず尊大な態度のシルキーにリドたちは深く溜息をつく。

「名乗るのが遅れてしまったな。我は獣人族の族長を務めるウツギという者だ。ナノハ共々、ぜひ普通に接してほしい」

「わ、わかりました」

ウツギと名乗ったナノハの父に対し、リドたちは一人ずつ自己紹介を行った。

「ヴァレンス王国での話、我も聞き及んでいる。まさか、騒乱を未然に防いだのが貴殿らのような少年少女だったとは意外だがな」

ウツギは言って、僅かに口角を上げる。

一族の長というだけあって存在感のある人物だ。

と同時に、不思議な温かみを感じさせるというのがリドたちの第一印象だった。

「くっく。こっちはどこぞの王様よりも王様っぽいなぁ？」

シルキーがそんなことを呟いたためリドたちは窘めたが、どこかわかる気もするなと揃って嘆息する。

「リド殿。そしてミリィ殿にエレナ殿、シルキー殿。獣人族を代表して貴殿らの来訪を歓迎する。……と言っても、今はまともにもてなしができず心苦しいのだが」

「いえ、まずは今起きている問題を解決しなければいけませんから」

「起きている問題、か……。先程の話では、数ヶ月前に里を訪れたドライド枢機卿が持ち込んだという黒水晶、それが悪影響を及ぼしているのだとか」

「その可能性が極めて高いでしょう。現状、どのような原理でそうなっているのかまではわかりませんが、発生時期などから考えても黒水晶が《ユーリカの里》の大地を枯れさせた要因であると考えてほぼ間違いはないかと」

「うむ。ナノハからも聞いていると思うが、我ら獣人族は豊穣の大地と共に生きる種族。本来この時期には、金の稲穂に囲まれ皆健やかにあるはずなのだが……。このような時に動けぬとは、一族の長として情けない」

「でもお父様。リド様たちも協力してくださるとのことです。大地が元通りになれば、皆も元気な姿を取り戻せるはずです」

「その通りです。幸いミリィの薬草も少し効果を表したようですし、今は養生なさってください。きっと僕たちが何とかしてみせますから」

「……恩に着る」

ウツギが深く感謝の意を告げ、リドとミリィ、エレナは獣人族を救いたいという想いからはっきりと頷く。

そしてシルキーがリドの肩から飛び降り、切り替えるように言った。

「さて。しんみりするのはここまでとして、さっそく黒水晶を回収しに行かないとな。ミリィの薬草で多少は回復したとはいえ、このままじゃ獣人たちの生活もままならんだろうしな。ドライドの奴が寄った遺跡ってのは近くにあるんだろ？」

「ああ。ここから山道を登った場所に古い遺跡がある。場所はナノハに聞くといいだろう。しかし、気をつけて行かれよ」

「ナノハのお姫さんの話によれば魔物が現れてるんだったな。ま、吾輩の相棒の手にかかればちょちょいのちょいってやつだから。安心してくれよ、獣人のおっちゃん」

またも偉そうな口ぶりで話すシルキーにリドたちが肩をすくめる。

そうして、リドたちは《ユーリカの里》の外れにあるという古代遺跡へと向かうことにした。

★
★
★

「ハッ！」

「えいっ、ですわ！」

古代遺跡を目指す道中。

リドたちは襲いかかる魔物を退けながら先へと進んでいた。ウルフ種や有翼種など、多様な魔物が出没したが、各々が高水準の戦闘力を持つリドたちの敵ではない。

高い身体能力を持つエレナとナノハが前衛で敵を撹乱し、後衛からリドが攻撃、ミリィが防御面などのサポートを行うという布陣で、強靭な魔物の群れも苦にすることなく遺跡への道を進むことができていた。

とりわけ、リドは別格だった。

愛用する《アロンの杖》から放つ無数の光弾により次々と魔物を殲滅する様は、まさに圧巻の一言である。

残った敵を狩るエレナやナノハも、周辺の植物を操作して支援するミリィも、素晴らしい働きを見せていた。

「師匠、やりましたわ！　今の戦闘でレベル１１０になりましたわ～！」

「おお、凄いね。エレナが日頃から続けている鍛錬のおかげかもね」

「また一段と動きが洗練された気がしますわ。なんかこう、シュババババって感じで動けますわ」

「おい、エレナのお嬢さんよ。シュババババなのはいいがあんまり調子に乗って動き回るなよ。さっきもそれで沼にハマりそうになってたんだからな」

「き、気をつけますわ」

エレナはバツが悪そうに言って舌を出す。

シルキーは茶化していたが、戦闘を繰り返す度に強さを増すエレナのスキルは強力である。

それも元々はリドが天授の儀で授けたスキルであり、そのことからもリドの神官としての能力が窺えるというものだが。

「改めて皆さんの強さには驚かされますね。私と歳は同じくらいなのに……」

「いえいえ、ナノハさんも凄かったですよ！　さっきもその不思議な武器を振る姿、カッコ良かったです！」

「ありがとうございます、ミリィさん。でも、そんなに言われると照れてしまいますね」

照れながら言ったナノハの手に握られていたのは長い棒状の武器である。

先端には短剣のような形状の刃物が取り付けられており、槍とも剣とも異なる不思議な形にミリィは興味津々だった。

「これは『薙刀』と言って、私たち獣人族に古くから伝わる武器なんです。攻撃できる距離も長いですし、私の愛用武器でもあります」

「けっこう重そうですけど、ナノハさんは軽々と振っていましたよね。やっぱり獣人族の方って力持ちなんですね」

ナノハの持つスキルは攻撃面において直接効果を発揮するようなスキルではない。

にもかかわらずナノハは身の丈ほどもある薙刀という武器を軽々と振り回しており、ミリィの言う通り獣人族の身体能力の高さを窺わせるものだった。

「よしよし。これならこの先にある遺跡の探索も順調にいきそうだな。とっとと黒水晶を回収して、獣人のおっちゃんに旨いメシでもごちそうしてもらおうぜ」

「シルキーってば、いつもそんな調子なんだから」

愛猫が言った言葉に深く溜息をつくリド。

それからも一行は協力して魔物を討伐しつつ、先へと進んでいく。

――しかし、シルキーが言った言葉とは裏腹に、古代遺跡にはリドたちの脅威となる存在が待ち受けていたのだった。

★★★

「ここだね」

ほどなくして、リドたちは遺跡の入り口へと辿り着く。

そこにあったのは植物の根に覆われた石造りの建物で、時折聞こえてくる蝙蝠の声が不気味さを感じさせた。

「な、なんだか思っていたよりおっかない場所ですわね。何というか、薄気味悪い感じがしますわ……」

「エレナのお嬢さんはこういうの苦手だもんなぁ。中の探索は吾輩たちに任せてここで待ってたらどうだ？」

「おほほほほ。な、何を仰るのかしらシルキーさん。確かにちょっとばかり不気味な場所ですが、このくらいへっちゃらですわよ？」

エレナは余裕そうな笑みを浮かべていたが、さりげなくミリィの服の端を掴んでいるのを仲間たちには見られていた。

暗所恐怖症と閉所恐怖症（おまけに言えば高所恐怖症もだが）を持ったエレナにしてみれば、一人でここに残る方がよほど怖いだろう。

「さ、さて。それじゃレッツゴーですわ皆さん」

勇ましく片手を上げて中へと入っていくエレナとそれに続くリドたち。

そして数分後――。

「あ、あの、エレナ様。尻尾にしがみつかれると少しくすぐったいのですが」

「はっ⁉　すみません、つい……」

始めは意気込んでいたエレナだったが、今では見事なまでに腰が引けていた。

怖さを振り払おうと振りまいていた空元気もどこへやらである。

「ったく、そんなんで大丈夫かよ。魔物が出てきたら動けるのか？」

「だ、大丈夫ですことよ。まだ魔物と戦ってた方が気が紛れて楽ですわ」

「とか言いながらさっき蝙蝠が横切った時は思いっきり叫んでたけどな」

「うぅ……」

いつぞやの王都教会の地下に潜入した時のことを思い出すなと、リドとミリィは揃って苦笑する。

逆にエレナがいつも通りの調子だったことで場の空気が和んでいるような気がしたが、当の本人はそれどころではないようだ。

リドとナノハで先頭を進み、遺跡の奥地へと進んでいく。

「それにしても、随分と古い遺跡だね。いつ頃からあるんだろう？」

「お父様から聞いたことがありますが、遥か昔、獣人族が《ユーリカの里》に移り住んだ時に建てられたものだろうと仰っていましたね。何でも、昔はこの遺跡で獣人たちは暮らしていたんだとか」

「ああ、だからさっきから色んな部屋があるんだね。所々に燭台みたいなものも見受けられるし、当時の生活の跡なのかも」

リドは言いながら辺りを見渡す。

遺跡の内部は思いのほか広く、いくつかの区画に分かれていた。

また、この遺跡は地下に伸びているらしく、今リドたちがいる場所から下にも階層が続いているようだ。

「それから、お父様はこうも仰っていましたね。《ユーリカの里》の豊穣を司る女神様を祀った像があるとか」

「豊穣を司る女神を祀った場所か……」

（そういえば、獣人族について書かれたあの赤い本にもそんなことが書かれていたっけ……）

ナノハの言葉を聞いて、リドは遺跡の奥へと進みながら思考する。

（そんな大切な場所に獣人族を脅かすものが置かれているなんてやっぱり許せないな。早く回収して獣人族の人たちを救わなくちゃ）

リドはそう心に決め、前を向いた。

古くから存在する建物だけあってか足場も脆くなっているらしい。所々で石畳の床が崩れ落ちていたため、慎重に進もうと声を掛け合いながら一行は進む。

すると――。

「やっぱり遺跡の中にも魔物がいやがったか」

いち早く気配を察知したシルキーが呟き、リドたちは歩を止める。

通路の脇道から現れたのは太い棍棒を持ったオーク種の魔物だった。

「ドレッドオークか。知能は低いし馬鹿力が取り柄ってくらいだが、一応オーク種の中でも上位の魔物だ。持っている棍棒には当たらないよう注意するんだぞ」

シルキーが少々の毒舌を挟みながら現れた魔物を分析する。

ドレッドオークはその巨体をゆっくりとリドたちの方へと向け、手にしている棍棒を引きずりながら接近してきた。

一行の先頭に立っていたリドとナノハが臨戦態勢を取り、迎え撃とうとするが……。

――グガァアアアア！

「えっ……？」

ドレッドオークは持っていた棍棒を石畳の床に振り下ろす。それはドレッドオークにとっては威嚇行動のつもりだったのだろう。

しかし、古くなった遺跡の床に力任せに叩きつければどうなるかは目に見えていた。

「あんにゃろう、ここでそんなことしたら――」

シルキーが悪態をついた時には既に床が崩落していた。

先頭にいたリドとナノハが巻き込まれ、ドレッドオークと一緒に落下していく。

「きゃっ！」

「……っ！」

土砂や瓦礫と共に落下する最中にあって、リドのとった行動は無駄がなかった。

まず《アロンの杖》から光弾を飛ばし、ドレッドオークを撃破。

そしてそのまま、光弾を射出した反動を利用して体を翻すと、体勢を崩していたナノハに向けて手を伸ばした。

「ナノハ！　掴まって！」

「は、はいっ！」

リドはナノハの体を引き寄せると、受け身が取れないナノハに代わって後頭部へと手を回す。

自然と密着するような格好となり、ナノハはリドの胸に顔を埋めることとなった。

「神器召喚――――！」

底に叩きつけられる刹那、リドは《ソロモンの絨毯》を召喚する。

宙に浮かぶ絨毯が落下の衝撃を緩和し、リドたちは不格好ながらも着地に成功した。

「リドさん、ナノハさん！」

「お二人とも、大丈夫ですか!?」

上から聞こえてきたミリィとエレナの声にリドは手を振って無事を知らせる。

《ソロモンの絨毯》により難を逃れたのだと知ると、二人はほっと胸を撫で下ろしていた。

「ナノハ、大丈夫？」

「は、はい……」

突然のことで驚いたからだろうか。

ナノハはリドの体にしがみついたまま弱々しい声を漏らす。

頭から生えた獣耳はしおらしく垂れていて、リドが手を離すまでそんな調子だった。

「ごめんね。咄嗟のことだったとはいえ、ちょっと強く抱きすぎちゃったかも」

「……」

「ナノハ？」

「は、はいっ！」

「大丈夫？　どこか怪我したとか？」

「い、いえその……。ちょっと刺激が強かったと言いますか……」

「え？」

「あ……。えっと、何でもありません」

リドに背を向け、緊張をごまかそうと自分の髪を弄るナノハ。

その反応の意味するところがわからずリドは疑問符を浮かべたが、耳がいい上に夜目が利くシルキーは穴の上の方でニヤリと笑っていた。

「とにかく、怪我がないようで良かった。でも、みんなとはぐれちゃったか」

リドが落ちてきた穴の上の方を見上げる。ミリィやエレナが覗き込んでいるのが見えるが、けっこうな高さがある。普通に登るのはとてもではないが無理だろう。

「先程の、リド様が喚び出した不思議な絨毯を使えば上に登れないでしょうか？」

「うん、そうなんだけどね。《ソロモンの絨毯》はけっこう大きいから、上がっている途中で脆くなった岩盤に引っ掛けちゃったりすると……」

「なるほど。また崩落に巻き込まれる恐れがありますね。そうなったら、今度は土砂に埋まってしまうかも」

「だから、こっちに進むのが安全かなって」

リドはそう言って、穴の底から伸びていた道を指差す。

そこは上と同じく石塊で囲まれており、奥の方まで続く通路のようだ。

「ナノハ。この遺跡の構造ってわかる？」

「ええ。昔は獣人たちが住んでいた場所というだけあって、複数の階層に分かれていると。この道も恐らく先程の場所より下に位置する階層なのでしょう」

「なら、こっちの道を行こうか。上に繋がる道も見つけられるだろうし、ドライド枢機卿がどこに黒水晶を設置したのかわからない以上、二手に分かれた方が効率良いだろうしね」

「確かにそうですね。では……」

リドとナノハは穴の底から伸びている道を進むことに決め、上から覗き込んでいる二人にそのことを伝える。

「わかりましたわ、師匠ー！　お二人ともお気をつけて！」

上の二人と言葉を交わしあった後、リドとナノハは頷き合い通路を進むことにした。

入り口のあった階層から離れてしまったためだろう。

リドたちがいる場所には光が届かず、暗闇に包まれていた。

「……先がよく見えませんね。松明などもありませんし、どうしましょうか？」

「そうだね。ちょっと待ってて」

リドは足を止め、「神器召喚」と小さく呟く。

すると、松明を灯したかのようにまばゆい光がリドの手の内に現れた。

「リド様、これは？」

「《スワロフの羽》っていう神器の一種だね。見ての通り、光源になってくれる羽なんだ」

「す、凄いですね。リド様が戦闘時に使っている《アロンの杖》もそうですが、先程の絨毯も不思議な効果を持っているようでしたし。こうも様々な力を持つ道具を召喚できるとは、リド様のスキルは底が知れません」

「あはは。このスキルを授けてくれたのはグリアムさんだからね。ナノハがそんな風に驚いてくれたら喜んでると思うよ」

「ふふ。そうかもしれませんね。あの人のことですし、得意げに大笑いしているかもしれません」

グリアムのことを思い出し、二人で笑い合う。

そしてリドたちは、《スワロフの羽》の光を頼りに遺跡の地下層を進んでいった。

――一方その頃。

「リドさんとナノハさん、大丈夫でしょうか？　早いところ合流できるといいんですが」

ミリィとエレナ、シルキーは入り口から伸びる道を奥へと進んでいた。

下の階層を行くリドたちが気になったのか、ミリィはどこか落ち着かない様子で辺りを見回しながら進んでいる。

「そんなに心配する必要はありませんわよ。向こうには師匠もいるんですから魔物が出てきても平気へっちゃらですわ」

「チッチッチ。まだまだ甘いな、エレナのお嬢さんよ。ミリィはそんなことを心配してるんじゃないんだよ」

「と、仰いますと？」

「大方、リドと二人っきりになれたナノハのお姫さんが羨ましいんだよ」

「ち、ちょっとシルちゃん。そんなこと……」

ミリィは慌てて否定したが、シルキーは畳み掛ける。

「ナノハのお姫さんは確かにめちゃくちゃ別嬪だし、この暗がりだからなぁ。ニブちんのリドとはいえ、色々と起こってもおかしくない。きっとそんなことを妄想してやがるんだよ、このむっつりシスターは」

「そ、そこまで想像してませんってば！」

「ほほう？　じゃあミリィよ、もし自分がこの暗い遺跡の中でリドと二人きりだったら何も期待しないと誓えるか？」

「………………」

「ほんとわかりやすすぎるぞ、お前」

「あ、ちがっ……」

期待通りすぎる反応を見せたミリィにシルキーは溜息をつく。しかし尻尾はどこか楽しげに揺れていて、大層ご満悦の様子だった。

「ほらほら。ここには黒水晶を回収しに来てるんだからな。いつまでもお花畑な妄想してないで、真面目に探索しろよ？」

「……シルちゃん。帰ったら当分おやつ抜きです」

「な、なんだと⁉」

「わかりますわよミリィさん。今のはさすがに私もズルいと思いますわ」

「おい！　おーぼーだぞお前ら！　吾輩は断固として抗議する！」

そうしていつも通りのやり取りをしながら、二人と一匹は先へと進んでいった。

幕間　裏で語る者たち

「これはラクシャーナ王にバルガス公爵。ここの者に面会ですか？」

「ああ、ドライドの奴が目を覚ましたって聞いてな」

ヴァレンス王国の王都、グランデル――。

ラクシャーナはその一角にある囚人収容施設を訪れていた。

先の騒乱事件を引き起こした主犯にして、元王都教会の責任者を務めていた人物――ドライド枢機卿が意識を取り戻したとの報せを受けたためである。

ラクシャーナは看守の案内で奥の牢へと歩を進める。

「よう。目を覚ましたようだな」

「……ラクシャーナ王、ですか」

そこには囚人服を纏ったドライドがいた。リドたちに反乱の計画を阻止され、こうして牢に入れられてはいるが、漂わせる面妖な雰囲気は変わりがない。

かつての騒乱事件の際には自分の体に黒水晶を取り込み魔物化したとの報告があったため、意思疎通できないことをラクシャーナは危惧していたのだが、その心配もないようだ。

「どうされましたか？　私の処刑の日取りでも決まりましたか？」

「減らず口を。その胡散臭い感じは変わっていないようだな」

ラクシャーナが冷ややかな視線を向けると、ドライドは微かに口の端を上げた。

「今日はお前に聞きたいことがあって来た」

「ええ。黒水晶のことについてでしょう」

即答したドライドにラクシャーナは少し面食らった様子を見せるが、すぐに気を取り直して再びドライドに話を振る。

「わかっているなら話は早い。お前が各地にばら撒いていた黒水晶について、洗いざらい吐いてもらうぞ」

「他ならぬラクシャーナ王の頼みです。お話ししましょう。……ああ、その腰に差している剣は必要ありませんよ」

「……」

「フフ。今の私に抗う力はありませんから。拷問という手段はお互いに面倒なものでしょう？」

「チッ……。本当に減らず口を」

牢に入れられている状態にもかかわらず食えない奴だと、ラクシャーナは剣の柄に伸ばしかけていた手を下ろす。

場合によっては力ずくでもと考えていたが、その必要はないようで拍子抜けした感すらあった。

「ところで、ユーリアには尋問しなかったのですか？　彼女も私と一緒に収監されたかと思うのですが？」

「ああ、お前の秘書官か。確かにあっちはお前よりも早く目を覚ましたがな。お前に対する忠義を口にするばかりで、こっちの質問に対してはきっぱり口を閉ざしたままだ」

「確かに、彼女ならそういう対応を取るかもしれませんね」

ドライドは予想通りとでも言いたげに声を漏らす。

ちなみに、リドに左遷を命じた人物である大司教ゴルベールも同じ施設に収監されていたのだが、そちらは牢の中でブツブツと意味不明なことを呟くばかりで会話すらままならない状態だ。もっとも、ゴルベールの場合は先の騒乱の具体的な計画を知らされていなかったため、ラクシャーナも情報源として期待していなかったが。

「とにかく、こちらが質問する側だ。まずあの黒水晶の性能を教えろ」

「ふむ。性能、ですか?」

「とぼけても無駄だぞ。あれが単なる石じゃないことはわかってる。リド少年たちからも、お前があの石を飲み込んだ後に魔物化したって聞いてるしな」

その言葉を受け、ドライドは目を伏せる。

それは昔のことを懐かしむような、そんな目つきだった。

「リド・ヘイワース神官か……。思えば、彼には手ひどくやられたものです」

「お前にとってはまさに天敵だったな。自分の組織にいた少年が最大の障害となるとは思っていなかっただろう」

「ええ、本当に。まさかあそこまでの力を持っているとは思いませんでしたよ。仲間の少女たちに力を授けたのも彼でしょう。本当に、恐れ入る」

ドライドが本心から言っているように感じられて、ラクシャーナは不愉快そうな表情になる。

自分がやられた相手のことを素直に称賛するという、ある種の潔さをドライドが持っていたと知って、どこか辟易とした思いだった。

「それで？　お前は黒水晶の性能を熟知していたんだろう。そうでなきゃ色々と辻褄が合わんことがあるからな」

ドライドはラクシャーナの言葉に小さく首肯する。そして、不敵な笑みを浮かべると静かに口を開いた。

「王も察している通り、あれは単なる石ではありません。現象としては魔物の多発化や、それを取り込んだ生物に変異を引き起こすということになりますが」

それは知っていると、ラクシャーナは頷く。

続きを催促される前に、ドライドはまた言葉を続けた。

「結論から言いましょう。あれはその内に膨大な魔力を取り込んだ石なのです」

「魔力を？」

「ええ。魔力はスキルを使用する際に必要となるなど、特異な現象を引き起こす源になるとされていますが、厳密な定義は省きましょう。私としては、神官としての能力……即ち天授の儀もこの魔力によるものなのではと推測していますが」

「……続けろ」

「とにかく、黒水晶を巡って起こっていた諸々の現象は内包する魔力によるものなのです」

「つまり、お前が魔物に変異したのも黒水晶に含まれる魔力を取り込んだためだと？」

「その通りです。もっとも、あれは私の持つスキルを応用したものなので、他の者がやろうとしてもできない芸当なのですがね」

「そうかい」

「各地で魔物の多発化が相次いでいたのも、黒水晶が持つ魔力が要因です。魔力の影響を受けて凶暴化する魔物や変質する魔物などは多くいますからね」

「……」

「更に続けましょう。黒水晶を採掘する際に、鉱夫が毒に侵されるといった現象が起きていましたが、それも漏れ出た濃密な魔力に当てられたためなのです。私の実験により、黒水晶の持つ魔力は水に浸すことで安定化することがわかっていますが」

「なるほどな。確かに道理には合っている」

ラクシャーナは顎に手を当て、ドライドが語った話の内容を吟味する。

つまり黒水晶は膨大なエネルギーを溜め込んだ石ということなのだろう。ラストア村に蔓延していた鉱害病も、厳密には魔力が影響しているとそういうことだろうとラクシャーナは結論付ける。

魔力の影響を受けて魔物が凶暴化したり変異したりすることはあるが、採掘した直後を除き、それ単体では何か害を及ぼすものではないということだ。

（それなら、リド少年たちに任せたように回収さえしてしまえば脅威はなくなる、か……）

ラクシャーナはそのように考え、改めてドライドを見やる。

「もう一つ聞かせろ。お前は何故あの黒水晶を集めていた？」

「おや？　リド・ヘイワース神官には話したのですがね。彼から聞いたものと思っていましたが？」

「聞いたさ。お前が黒水晶をばら撒き各地で魔物の多発化を引き起こしていること。それを王家の仕業に見せかけようとしていたってことはな」

「フフ。ではその件について問うことなどないでしょう」

「いや。お前がリド少年に話したのはあくまで手段までだろう？」

「……ほう？」

ラクシャーナの問いかけの意味することに気づいたのか、ドライドは僅かに顔を上げ、そして興味深げに笑みを浮かべた。

「相手の思惑を見極める際に肝要なことは、手段と目的を取り違えないこと。俺の師が口酸っぱく言っていた言葉だ。それに、お前が単純な権力だけを求めるような輩だと俺には思えなくてな」

「……」

「お前が黒水晶を各地にばら撒き、王家の信用失墜を狙っていたのはあくまで目的を達するための手段。本当の目的はその奥側にある。違うか？」

「……」

「だから俺は聞いているんだよ。お前は何のために黒水晶を集め利用していた？　いや……」

ラクシャーナはドライドを見下ろし、そして告げる。

「――お前の裏には誰がいる？」

その言葉を聞いたドライドは目を閉じ、それから肩を震わせた。

愉快な仮説を受け、どこか歓喜すら感じているのではないかと思わせる、そんな反応だった。

「ククク、なるほどなるほど。歴代のヴァレンス王家の中でも稀代の国王と称されるだけのことはある。素晴らしい慧眼です」

「お前なんかに褒められてもこっちはちっとも嬉しくないいんだよ。話すのか話さないのか、はっきりしやがれ」

「フフ。これは失礼」

ドライドは白髪を掻き上げ、それからゆっくりと口を開いた。

「ラクシャーナ王。申し訳ありませんがその問いには答えられません」

「何故だ？　さっき拷問は互いに面倒だと言っていたのはお前自身だろう？」

「話せない理由があるのです」

ドライドはそう言って服の袖を捲り上げる。

そこには何かの紋様を記したかのような痣があった。

「それは？」

「聖痕と呼ばれる印です。これがあるため、私は先程の問いに答えることができない。いや、答えようとすれば物言えぬ存在になると言った方が正確でしょうか」

「……何かのスキルによるものか？　だとしても何故？」

「具体的に誰か、というのはお答えできませんが」

「構わん。話せる範囲で話せ」

「とある信仰を掲げる『教団』によるものです」

「教団だと？」

「おっと。掘り下げて聞かないでくださいよ。これでもギリギリなんですから」

「……」

ドライドの余裕ある笑みを見ているとその真偽の程は定かではないのだが、今聞けるのはここまでかと、ラクシャーナは一つ息をつく。

(教団か……。こりゃまた厄介そうな因子が出てきたな)

「王よ、せいぜいお気をつけください。足をすくわれませんように」

「はんっ。お前に心配される筋合いはないぞ」

「これは失敬」

ドライドは言って、また不快な笑みを浮かべる。

今はこれ以上話せることもなさそうなので、ラクシャーナはドライドのいる牢を後にしようと踵を返す。

と、ラクシャーナの背後から声がかかった。

「リド・ヘイワース神官。私の時もそうであったように、彼がまた教団の障害となるのでしょうか」

「……」

そんなドライドの言葉を背に受け、ラクシャーナは収容施設の外へと向かった。

「ふぅ……」

外に出て、ラクシャーナは大きく息をつく。

（リド少年たちとも共有したいところだが、実際に出てきたのは教団という意味深な単語だけだ。この状態で伝えてもな……。とりあえずは内々で調べてみるしかないか）

現状でいくら考えても徒労に終わりそうでラクシャーナは悶々とする。

酒でも呷りたい気分だと、そう思った。

「王よ、何か掴めましたかい？」

「ん？」

ラクシャーナのもとに近づいてきたのはバルガスだった。

どうやらラクシャーナが出てくるのを待っていたらしい。

熊のように大きな体を揺らしながら近くまでやって来る。

「バルガスか。……ああ、そうだな。厄介そうなことも含めて、色々と聞けたよ。不確定すぎて何とも言えんがな」

「ほう？　それはそれは」

「まあなんだ。伝えたいことはあるが……」

ラクシャーナはそう言ってバルガスの方へと向き直る。

ドライドと話していた時の空気感から解放されたためか、それとも気を許せる友人と会えたからなのか、降り注ぐ太陽の熱が妙に心地良かった。

「とりあえず、酒に付き合え――」

五章　豊穣の大地を取り戻せ

「ナノハ、大丈夫？　けっこう歩いたと思うけど」

「はい。まだまだ平気です」

《ユーリカの里》の奥地にある古代遺跡、その下層にて。

戦闘の拍子に穴に落ちたリドとナノハは、ドライドがこの地に置いた黒水晶を回収すべく探索を続けていた。

「何だか同じような通路が続きますね。地下にいるからか、少し冷えた空気が満ちているようですし」

「そうだね。こんな時シルキーがいてくれたらいいんだけど。抱えていると温かいし」

「ふふ。それはぜひ今度私も試してみたいですね。文句を言われてしまいそうですが」

「まあでも、シルキーはなんだかんだ言って優しいから」

リドたちはそんな会話をしながら歩いていく。

実際にシルキーがいたら色々と指摘が入りそうなやり取りである。

「そういえばシルキー様は鼻も利くのでしたね。魔力の痕跡なども追跡できるのだとか」

「うん。たぶんシルキーなら黒水晶がある方向も判別できると思う。ミリィやエレナの場所もわかるだろうしね。もちろんある程度は近づかないと難しいだろうけど」

「シルキー様は不思議な猫様なのですね。私たち獣人族もそれなりに嗅覚が優れていますが、そこまでではなくて……。もう少しお役に立てていれば良かったんですが」

「ううん。僕もエレナほどじゃないけど、こういう場所を一人で歩くのはちょっと抵抗あるしね。ナノハがいてくれるだけで凄く心強いよ」

「そ、それは何よりです。私もリド様がいてくれて心強い、です……」

リドに真っ直ぐな笑顔を向けられてナノハは少ししどろもどろになる。

と同時に先程リドに抱きかかえられた時のことを思い出し、慌てた素振りを見せた。ナノハはそれが邪なことだと思ったのか、ぶんぶんと首を振る。

そうして二人で並んで進むこと少々。やや開けた場所に出たことで、リドたちは足を止める。

「魔物の気配もないし、ここなら安全そうだね。ちょっと休憩しようか」

「私はまだ歩けますが？」

「ううん。スキルの効果があるとはいえ、ナノハは病み上がりの状態だからね。獣人族の人たちのために焦る気持ちは凄くわかるけど、僕としては女の子に無理はしてほしくないかな」

「は、はい……」

リドはナノハに笑いかけ、それから火を熾せないものかと辺りを見渡した。

この広間はかつて獣人族が団欒していた場所なのだろう。

幸いにも枯れ木や着火用の道具も見つけることができた。

火を熾そうとしゃがみ込んだリドの背中を見ながら、ナノハは着ていた外套の端をきゅっと握った。

（またです……。何か、リド様と話をしているとどこか心が落ち着かないというか……）

ナノハは自分でもよくわからない感情を抱きながら、リドの背中をぼうっと見つめる。

色恋沙汰を大の好物とするシルキーがいたならナノハのその様子に歓喜していただろうが、生憎と言うべきか幸いと言うべきか、野次馬気質な黒猫は不在だった。

「ナノハ――」

「は、はいっ！」

自分の世界に入っていたからだろう。近くまで来たリドに気づかず、かけられた声に素っ頓狂な声で反応してしまうナノハ。

そんな様子にリドは怪訝な顔を向けたが、すぐに落ち着いた調子でナノハに語りかける。

「ほら、火を熾したから少し休もう？」

「あ……。ありがとうございます」

リドとナノハは並んで焚き火の傍に腰を下ろす。

地下層の冷えた空気に晒されていたためか、火の熱が心地良かった。

「ナノハ、寒いのは平気？」

「はい。獣人族は比較的寒さに強い種族なので。逆に暑い季節は大変ですけど」

「はは。確かにシルキーも暑い時にはフサフサの毛が邪魔だ！　って怒ってたな」

「あ、それわかります。私も寝る時なんかは――」

火を囲い談笑する二人。

焚き火がパチパチと爆ぜる心地の良い音が響く中、リドたちは束の間の休息を味わう。

まだ出会ってから間もない二人だったが、不思議と会話は弾んだ。

リドが王都教会を左遷されてからのこと。ラストア村にやって来てからの大切な人々との出会い。グリアムと暮らしていた時のことなど。

そういう一つ一つの話にナノハは関心を示し、リドもまた、ナノハが獣人族の里で生まれ育ってきた境遇に耳を傾けていた。

「ナノハってしっかりしてるよね。責任感が強いっていうか」

「そ、そうでしょうか」

「うん。僕とそう歳は変わらないのに偉いなって思うよ。さっきの《ユーリカの里》でも一人ひとりのことを気にかけている様子だったし」

獣人族の姫としての立場もあるのだろうが、ナノハの献身性はリドから見ても尊敬に値するものだった。

ナノハのそれは、いずれ一族の上に立つ者としてあるべき姿なのだろう。

「きっと、私がそのように見えるのはお父様のおかげでしょうね」

「ウツギさんの？」

「ええ。幼い頃から言われていました。広く視野を持ち、里のために、民のために動ける人になりなさいと」

ナノハは自身の尻尾を抱えるようにして座り、そこに手を添えながら獣人族のことを語っていった。

「昔、獣人族は人との交流をあまり持たない種族でした。近隣の村々と交流するようになったのもお父様の代になってからだったみたいでして。そういう対外的な交流関係を築こうとしたのも、それまで閉鎖的だった獣人族の現状を変えたいと思ったからなのでしょうね」

「僕も王都にいた時は獣人族と会ったことなかったし、確かに獣人族と交流を持っている人たちって少なかったんだろうね」

「ええ。もっとも、まだまだ古い慣習は残っていますし、変えていかなくてはいけないことがたくさんあると思うのですが」

ナノハは柔らかい笑みを浮かべていたが、どこか不安を抱えているような表情だった。

確かにナノハの言う通りかもなとリドは思う。獣人族もこれまでの閉鎖的な環境を変化させようと動いているのは確かなのだろう。

それでも、未だ改善すべき事柄は多い。

今回の件にしても、ナノハが決死の覚悟でラストアに来るまで獣人族は窮地に晒されていたわけだし、これも対外的な交流が希薄だったためとも言える。

例えば今よりもしっかりとした交流関係を構築している状態だったならば、今回の件もより早期の発見に繋がっただろう。そういう状況を考えながら、リドはあることを決める。

（もちろん今回の一件を解決することが先決だけど、その後でも力になれることがあるなら協力したいな）

シルキーが聞いたら「またお人好しの発揮だな」と突っ込まれそうな思考をまとめ、リドは手に息を吹きかけた。

火を焚いているものの、さすがに太陽の光が届きにくい遺跡の地下層だ。

寒さに身を震わせていたリドだったが、そこへナノハからの意外な申し出があった。

「あの、私の尻尾、触ります？」

「え……？」

ナノハは自身の尻尾をリドの方へと近づける。

フワフワの毛並みがゆらゆらと揺れていて、実に温かそうである。

「あ、っと変な意味はなくて、その、獣人族の尻尾って、毛がモコモコしているので、触ったら少しは温かいかなと」

「えっと……」

「さあどうぞ、遠慮なさらず」

ずいっと差し出された尻尾とナノハの得意げな顔がリドの目に映った。

「じ、じゃあ……」

ナノハの勢いに押されるようにして、リドは了承する。

そんなに前のめりで言われると少し気恥ずかしいなと、リドは少し緊張しながらもナノハの尻尾に手を埋めた。

「あ、ほんとだ。あったかい」

「ふふ、良かったです」

「うん、なんだか触り心地も癖になるというか」

「モフモフって感じです？」

「ああ、そうかも」

「ふふ。私にいつも付いてくれているムギという幼い侍女がいるんですが、その子にもこの尻尾は好評でして」

「へぇ」

そういえば《ユーリカの里》で見舞っていた際に幼い少女と話していたなと、リドは思い当たる。

「ムギったら昼寝が好きでして、晴れた日には私の尻尾にくるまったまま寝ちゃうんですよ。リド様も今度試してみますか？」

「い、いや、それはさすがに……」

ナノハの尻尾にくるまって昼寝をする自分を想像してみたが、仮にも一族の姫にそういうことをしてもらうのは恐れ多い気がして、リドは小さく首を振った。

そうしてまたしばらく談笑していると、火の爆ぜる音が聞こえる。

「あ……。火が小さくなってきましたね」

「みたいだね。暖もとれたし、そろそろ探索を再開しようか。ミリィやエレナとも合流しないと」

「そう、ですね……」

リドと二人の時間が終わってしまうのが少し惜しい。もう少し長く燃えてくれても良かったのにと。

そんな感慨を抱いたのか、ナノハの頭から生えた獣耳は少し垂れていた。

★
★
★

スンスン、と――。

ミリィやエレナと一緒にいたシルキーがわざとらしく鼻を鳴らし呟く。

「うん、匂いがするな」

「何の匂いですか、シルちゃん？」

「リドとナノハのお姫さんが二人で親しげに話している匂いだ」

シルキーがニヤリと笑って言い放ち、ミリィとエレナは驚いたような表情を見せる。

「そ、そんなことわかりますの？」

「冗談だ」

「冗談ですか……」

またいつもの如くからかってきたのだと知り、二人はシルキーにジトッとした目を向ける。

そんな視線を気にする素振りもなく、シルキーはてしてしと後ろ足で首を掻きながら言葉を発した。

「まあでも、二人きりで薄暗い遺跡の中を探索してるんだ。親密になっていてもおかしくないぞ？」

「そういうものでしょうか？」

「そういうもんなんだよ、むっつりシスター。ほら、よく『釣り針効果』って言うだろ？」

「シルちゃん。それ、吊り橋効果ですからね。吊り橋を一緒に渡るように危険な体験をした男女は親密になりやすいっていう」

「ああ、そんな話だったかもしれん」

「まったくもう」

ミリィの頬が膨れたのを満足げに見ながら、シルキーはまた鼻をひくひくと動かす。

「お、でも今度はほんとに匂いがするな。たぶんこの下あたりにリドとナノハのお姫さんがいるぞ」

「あら、それでは合流できそうですわね」

「あそこに下りの階段がありますよ。あれで降りてみましょう」

ミリィとエレナ、シルキーは見つけた階段を下る。

下の階層に降りたことで冷えた空気に包まれる。少し先へと進み——。

「あ、お二人がいましたよ。リドさーん！　ナノハさーん！」

そうして進んだ先で二人を見つけ、一行は無事合流することができたのだった。


「シルキー、どう？」

「うむ。近づいている気がするな。黒水晶のものかわからんが、この先から匂いがする」

仲間たちと合流してから程なくして。

リドは遺跡の最奥部に辿り着こうとしていた。

シルキーの案内によればこの先に探していた黒水晶がある可能性が高いという。

「やれやれ。ドライドの野郎、結局一番奥の区画に設置してやがったか。おかげで時間がかかったぞ」

「これで首尾よく回収できそうだね。ただ……」

リドが言いかけた言葉の続きは皆が想像できていた。

「師匠の気にしていることはわかりますわ。黒水晶がこの奥に設置されているとして、何故《ユーリカの里》の大地が汚染されることに繋がっているのか、ということですわよね」

「うん。《サリアナ大瀑布》で遭遇したギガントードの時みたいに魔物の変異種がいる可能性もある。気をつけて進もう」

リドの言葉に皆が頷き、先へと進む。

すると、行く手に巨大な扉が現れた。

「遺跡の最奥には女神様の像が祀られていると聞いたことがあります。恐らく、この場所がそうなのでしょう」

「そういえばさっきそんなこと言ってたな。土地の豊穣を司る女神だとか何とか」

扉をしげしげと観察しながらシルキーが呟く。

「しかし何とも思わせぶりな扉だな。王都教会の地下にあった場所と似てる気がするぞ」

「私もシルちゃんと同意見です。あそこもこんな感じでしたよね。……あれ？　ということは王都教会の地下にあったのも何かを祀る場所だったんでしょうか？」

「気にはなるがな。まあとにかく、今はここを開けようぜ」

王都教会の地下との共通点は気になったものの、まずは黒水晶の回収を優先しようと一行は扉を開け中へと足を踏み入れる。

そこにあったのは半ば予想された光景だった。

等間隔に並ぶ高い石柱。

そして奥に控えている首なしの女神像と。

王都教会の地下にあった神殿と酷似している造りだと皆が感じていた。

「首のない女神像ねぇ。ナノハのお姫さんよ。獣人族のご先祖さんはああいうのを祀る趣味があったのか？」

「い、いえ、そんなはずは……」

シルキーの問いにナノハが首を振る。

「だよなぁ。ってことはドライドの野郎が破壊したってことか？」

仮にシルキーの言う通りだとしても、何故ドライドがそんなことをするのか、リドたちは理解ができなかった。

「くぅ……。どう考えても悪趣味ですわ。というかおっかないですわ……」

「え、エレナさんしっかり」

異質な光景に恐怖感を抱いたエレナがよろめき、ミリィが慌てて支える。

ただでさえエレナにとっては苦手な空間だっただけに抵抗感が大きいようだ。

「この場所が何なのか気になるけど、今は黒水晶を回収しないとだね。エレナには悪いけど、あの女神像の辺りも調べてみよう」

リドが言って、皆で首なしの女神像に近づく。

その時だった。

「な、何でしょうか。地面が揺れているような……」

ナノハが声を上げ、リドたちも同じ振動を感じ取る。

「おいおい。またあの地下神殿の時みたいに崩れるんじゃないだろうな」

シルキーが恐ろしいことを言ったが、そうではなかった。

その振動を引き起こした主が石畳の地面を破壊し、目の前に姿を現したからだ。

「こ、これって……」

そこにいたのは、魔物だった。

更には、リドたちが遥か頭上を見上げなければいけないほどの大きさだった。

もっと言えば、それは巨大すぎる「蛇」だった。

「な、な、なんですのあの化け物は!?」

「ラストアの近くにも蛇の魔物はいますけど、あれはちょっと……いえ、かなり大きいですね」

「あれはもしかして、『土喰《つちば》み』かもしれません」

エレナとミリィが驚愕の表情を浮かべる一方で、ナノハが背負った薙刀を構えながら皆に忠告する。

「ナノハ、土喰みって？」

「獣人族の古い伝承の中に登場する大蛇で、土中の魔力を喰らい生息したとされています。ただ、あそこまで巨大ではないはずなのですが……」

ナノハの解説を聞き、リドたちの頭には《サリアナ大瀑布》で戦った蛙型の魔物、ギガントトードのことがよぎる。

あのギガントトードも黒水晶による影響を受けて巨大化していたのではなかったか、と。

そして、戦闘の後には黒水晶を吐き出し、小さくなっていたと。

「ということは、あのウネウネ野郎の体内にお目当てのブツがあるってことだろうな。前に戦ったデカい蛙みたいに」

「たぶんシルキーの言う通りだろうね。なら、やることは一つか」

リドの言葉で全員が戦闘態勢を取る。

対して土喰みは高い位置からリドたちを見下ろし、その長い体躯をくねらせていた。

「けっこう見た目が気持ち悪くて苦手ですが――」

まずはエレナが剣を構え、地面を蹴る。

さすがリドから授かり磨いてきた【レベルアッパー】のスキル効果だ。

エレナは目にも留まらぬ速さで土喰みの至近距離まで接近する。

「お覚悟ですわっ！」

エレナが繰り出した連続攻撃は十分な威力だった。

無数の剣撃が突き刺さり、土喰みは激しくのたうち回る。

――シャアアアアア！

土喰みが長い尾をエレナに向けて払う。

それは苦し紛れのように見えて素早い反撃だった。

が、エレナとて単身で突っ込んだわけではない。

「ナノハさん！」

「やぁあああっ！」

後を追っていたナノハが薙刀を払い、エレナに迫っていた尾に鋭い一撃を喰らわせる。

「よっしゃ！　この分ならあの二人だけで倒せるんじゃねえか？　たまには相棒も楽できそうだな」

シルキーの言葉通り、前衛を務めた二人の動きは素晴らしいものだった。

土喰みの攻撃をことごとく躱し、確実にその体にダメージを与えていく。

しかし——。

「おかしいです……。エレナさんとナノハさんが間違いなく斬りつけているはずなのに、まったく倒れる様子がないなんて」

ミリィの言う通りだった。

前衛の二人が波状攻撃を仕掛けているにもかかわらず、土喰みの動きに衰えが見られないのだ。

一方でエレナとナノハの動きには次第に疲れが見え始めていた。

「くっ……。しぶといですわね」

「ええ。この魔物、どこか様子が変です」

「エレナ、ナノハ、一旦下がって！　僕が攻撃してみる！」

「はいっ！」

「任せましたわ、師匠！」

リドの言葉で前に出ていた二人が後退する。

二人が土喰みから離れたのを確認し、リドは対象を視界に収めた。

直後、リドの構えていた大錫杖──《アロンの杖》から光弾が射出される。

「捉えたっ！」

それは凄まじい弾数による飽和攻撃だった。

これまで多くの魔物を屠ってきたのと同じく、リドが放った複数の光弾が土喰みの頭部を貫く──かに思えた。

「なっ……！」

しかし、予想外の光景がリドたちの前に広がる。

土喰みは大きく口を開けたかと思うと、向かってくる全ての光弾を飲み込んだのだ。

「ええっ!?　あれ、リドさんの撃った光の弾を食べちゃったんですか!?」

「そうか……。さっきナノハが言っていたように、土喰みは魔力を喰らい生きてきた魔物。きっと、《アロンの杖》による光弾も吸収してしまうんだ」

「それじゃあ、エレナさんやナノハさんがやっていたみたいに物理的な攻撃で攻めれば──」

「いや」

土喰みの動きを注視しながらリドが小さく首を振る。

「見て、ミリィ。あれだけ二人が斬ったのに、土喰みの体には傷が残っていない」

「ほ、本当ですね……。どうしてなんでしょうか？」

「きっと、傷が再生されているんだ。そういうことができる魔物を見たことがある」

「な、なるほど。でも、どうすれば……」

「……」

土喰みはリドの攻撃を飲み込んだ後、ジリジリと距離を詰めてくる。

激しく交戦したにもかかわらず外傷はなく、リドの推察通り修復されてしまっているらしい。

土喰みの赤い瞳が高い位置から見下ろしており、それはこれから襲う獲物を品定めしているかのようだった。

「師匠、どうしますか？」

リドたちの所まで戻っていたエレナとナノハが警戒したまま問いかけてくる。

ふと、ミリィが何かを思い出して声を上げた。

「あっ！　リドさん、槍はどうです？　ドライド枢機卿の時に召喚したあの凄い槍ならバッサリいけるんじゃないでしょうか？」

「槍っていうのは《聖槍・ロンギヌス》のこと？」

「それですそれです」

ミリィの提案はもっともに聞こえたが、リドは静かに首を振る。

「いや、あれも《アロンの杖》の光弾と原理自体は似ているからね。高い威力を発揮するのは確かだけど魔力そのものを喰らう土喰み相手には相性が悪いと思う」

「しかし相棒よ。それならどうする？　このままアイツの餌になるのは御免だぞ」

「そうだね……」

リドは石柱を崩しながら接近してくる土喰みを観察し、打開策を探ろうとする。

（魔力を喰らい、それを源とする魔物か。そういえば……）

リドは逡巡の後、何かを思いついたようにミリィの方を向いた。

「え、えっと。リドさん、どうしました？」

突然リドに見つめられたミリィが困惑して尋ねる。

対してリドは思いついた戦略を確かめるように頷いた。

この状況を打破する方法。

それはミリィが持つスキルにあった。

「よし。みんな、聞いてほしい」

リドは思いついた作戦を簡潔に伝えていく。

「そ、そんなことが……。いえ、でもリドさんですからね。やってみましょう」

これまでのリドを知る者たちだ。その言葉にも作戦にも、信頼を向けるまでに時間はかからなかった。

「わかりました師匠。ミリィさんとシルキーさんもお気をつけて」

「土喰みの引き付け役、お任せください。しっかり時間を稼いでみせますから」

エレナとナノハが各々の武器を手に土喰みへと駆けていく。

それを見送り、土喰みから離れた位置でリド、ミリィ、シルキーは頷き合う。

「さてと。しっかりやるんだぞ、むっつりシスターよ」

「もう、シルちゃんってば。真面目な時くらいからかわないでください」

ミリィに軽口を叩いた後で、シルキーがリドとミリィ、二人分の防御結界を張る。

かつて王都の地下神殿でドライドと戦った時と似た態勢だ。

この布陣を取ったのは、リドの作戦を実行するのに時間がかかるためである。

「それじゃあミリィ。手を」

「は、はい」

リドは片方の手で《アロンの杖》を持ち、もう片方の手をミリィに向けて差し出す。

そして、シルキーの張った結界の中でリドとミリィは手を握り合った。

握った手からリドの体温が伝わってきて、ミリィは少しだけ強く握り返す。

「あ……」

ミリィが声を上げたのはリドから温かい何かが流れ込んでくるのを感じたからだった。

握った手の平から伝わり、腕へ、そして体中へと。

そうして巡る何かが溢れ出て、手を握り合った二人の周囲には揺らめく湯気のようなものが満ちていく。

「す、凄いですリドさん。こんなにたくさん……」

以前、ミリィはリドの持つ力の本質についてシルキーから聞いたことがあった。

曰く、リドの力の真髄は「魔力量」にあるのだと。ミリィからすれば何故リドがあんなに多くの神器を扱えているのか不思議だったのだが、それも全て、保有する魔力量が膨大であるが故になせる業らしい。

それがもしかすると規格外の天授の儀を行える要因なのか、何故そんなに膨大な魔力を持っているのか、といったことについてはその時教えてくれなかったのだが……。

とにかく、リドは常人とは桁違いの魔力を持っているということだ。

「くっくっく。どうだミリィよ。リドの魔力はすげーだろ」

防御結界を張っていたシルキーが得意げな声を漏らす。

これはリドが師であるグリアムから教わったことだが、魔力は扱うスキルにも影響を与えるのだという。

例えば、ミリィの持つ【植物王の加護】というスキルは植物を操作・使役するものだが、対象はその場所に存在する植物に限られる。

しかし、魔力量によってはその制限を超えてスキルを行使することが可能となる。即ち、植物の操作・使役に加え、「召喚」をすることができるのだ。

今のミリィが持つ魔力量ではできないことだが、リドが協力するなら話は別である。

先程からリドがミリィと手を繋ぐことで行っているのが、「魔力共有」という手法だった。

「ハッ！」

「やあっ！」

前線ではその時間を稼ぐため、エレナとナノハが武器を振るっている。

対する土喰みは長い尾を振り回して対抗しており、破壊された石柱やら石畳やらの瓦礫がリドたちの方へと向かってきたが、シルキーの張っている防御結界のおかげで対処できていた。

「相棒、まだもうちょい時間かかりそうか？」

「うん、もう少し。シルキーの方は大丈夫？」

「吾輩は余裕しゃくしゃくだ。あのドライドの野郎の攻撃に比べればな。それよりもそこのむっつりシスターの方が気になるぞ」

「え？　私ですか？」

話を振られるのを予想していなくて、ミリィが思わず声を上げる。

「ああ。お前がリドと手を繋げたからって変なこと考えてるんじゃないかってな」

「か、考えてませんってば！」

「神に誓ってか？」

「…………」

沈黙。

それに加えてミリィは目を逸らす。

もはや答えているようなものだ。

「お前もうシスター引退しちまえよ。たぶん向いてねえぞ」

「そんな!? 酷いですよぅ！」

「シルキー、お願いだから防御結界を切らさないでね……」

激しい戦闘の最中にあって、シルキーとミリィはいつも通りだった。

緊張感がないと言えばそれまでだが、どうやらそれくらいの調子がちょうど良かったらしい。

ミリィはぶんぶんと頭を振って雑念を飛ばすと、これから使用するスキルに対して意識を集中させる。

リドから共有される魔力の奔流は一段と激しくなり、辺りの瓦礫を揺らすほどに大きくなっていって――。

そして、時は満ちた。

「ミリィ！」

「はい、いけます！」

リドと繋いでいない方の手を前方に突き出し、ミリィは唱える。

「《大妖花・アスフォデルス》召喚――！」

土喰みが現れた時よりも更に大きな地鳴り。

そんな音と共に石畳を割って、何かが這い出てきた。

「す、凄い……」

そこに姿を現したのは巨大な花を背負った竜のような生物だった。その体はところどころが花弁や葉に覆われており、まさに異形と言えよう。

召喚者であるミリィが思わず声を漏らしてしまうほどであり、近くにいたエレナやナノハもその存在感に息を呑んでいた。

――フシュルッ！

捕捉した獲物に噛みつくかの如く。

喚び出されたアスフォデルスは土喰みの首元に牙を突き立てた。

――シャアアアアアアアア！

土喰みは激しくのたうち回るが、アスフォデルスは離そうとしない。それどころか、植物が蔦を絡ませるように土喰みの体にしがみつき、その体内から何かを吸い取っていった。

「あの蛇野郎は魔力を喰って糧とする魔物。つまり魔力が活動の源だ。それならその魔力を吸い取る植物を喚び出してやればいいってわけだな」

「そうだね。思った通り、土喰みには相性抜群の植物だったみたいだ」

「は、はは……。あれって植物というより別の生き物に見えるんですが……」

シルキーとリドの言葉に召喚した当のミリィが困惑した様子で声を漏らす。

その視線の先では、枯れたように体をしぼませた土喰みが動きを停止させていた。

★★★

「あった！　ありましたよリドさん！」

土喰みを撃破した後でのこと。

結局ギガントトードの時と同様、黒水晶は土喰みが飲み込んでおり、その口から吐き出されているのをミリィが発見することとなった。

「やっぱり、この黒水晶には魔力が含まれているのかな。強い魔力を求めて土喰みが飲み込んだと、そういうことか」

「そうですわね。むしろ、ドライド枢機卿が食べさせたのかもしれませんわ」

「まあどっちでもいいだろ。こうして無事手に入れられたわけだしな」

黒水晶の回収を済ませることができたリドたちは一息つく。不確かなことは色々とあったが、今は目的を達成したことの安堵感の方が大きかった。

シルキーが「ま、終わり良ければ大体良しってやつだな」などといつもの調子で言い間違えるものだから、皆は吹き出しつつ笑い合う。

「皆さん、ありがとうございます。なんとお礼を言ったらいいか……」

ようやく事態の落着を見たことで、ナノハはリドたちに感謝しきりだ。

そして一行は《ユーリカの里》に戻ろうと、遺跡の出口の方に向けて歩き出した。

その道中――。

「そういえばよ、結局この土地が汚染されていた原因ってあの土喰みが原因だったのか？」

シルキーが気になっていたことをナノハに問いかける。

「ええ、そうだと思います。土喰みは地面の中にある魔力を喰らうことで活動する魔物。それがあそこまで巨大化していたために、影響も大きかったのかと」

「つまりは土地の魔力が吸い取られたせいで荒れた感じになっていたわけだ。じゃあ、元凶をぶっ倒したわけだし、土地も元通りになるんじゃねえか？」

「そうですね。これで今まで通りの、豊穣の大地が帰ってくるかと思います」

「ふんふん。まあ、時間はかかるかもしれんがな」

「いえ……。それが、先程ミリィ様があのアスフォデルスという植物を通して土に魔力を還したおかげでしょうか、私も体に力がみなぎるのを感じるのです。既に効果は表れているんじゃないかと」

「ほう？」

そんな会話を交わしていたところ、ちょうど遺跡の出口に到着する。

そこには、ナノハの言葉通りの景色が広がっていた。

「これは凄いね……」

思わずリドが声を漏らす。

初めて訪れた時には枯れ果てていた《ユーリカの里》の大地。

それが今では青々とした自然を取り戻していた。

乾いた土は潤いを得て、所々に生えた野草や色とりどりの花がそよ風に揺れている。

緑に萌える木々もまた、その風景に彩りを添えていた。

枯れていた《ユーリカの里》が元の姿を取り戻したのだ。

「本当に、皆さんのおかげですね」

ナノハが涙を拭いながら微笑む。
その言葉と豊穣の景色が何よりの報酬だと感じながら、リドたちは事件の解決を喜び合うのだった
――。

六章　ユーリカの里、改革計画

「リド殿、ミリィ殿、エレナ殿、そしてシルキー殿。改めて、感謝の意を伝えたい。貴殿らは獣人族の大恩人だ」

獣人たちが住まう《ユーリカの里》に戻ってすぐ。

リドたちが古代遺跡での出来事を報告したところ、族長のウッギからそのような言葉を頂戴することになった。

「皆さん。私からも改めてお礼を言わせてください。おかげで皆が救われました。本当にありがとうございました」

「ふふん。だから言っただろ？　吾輩たちに任せてくれればちょちょいのちょいだってな。あ、お礼は干し魚とかでいいぞ」

シルキーの尊大な態度は相変わらずで、ナノハとウッギに謙遜した返事をするリドもまた相変わらずだった。

土喰みを倒し、大地から吸い取られていた魔力を返還した影響なのだろう。

《ユーリカの里》は緑の大地を取り戻し、臥せっていた獣人たちも活気を取り戻していた。

かつてドライドが設置していた黒水晶についても回収に成功し、無事今回の件は解決したと見ていいだろう。

「でも、本当にみんなが元気になって何よりだったよね。ナノハがラストアに危機を報せに来てくれたおかげだと思うよ」

「あの時は驚いちゃいましたよね。ナノハさん、突然倒れちゃうんですから」

「無茶をされるなと思っていましたが、それも仲間の皆さんのためですものね。とてもご立派でしたわ」

リドたちの言葉を受けてナノハが恥ずかしそうにはにかむ。

今回の一件はナノハがラストアを訪れ、救助を求めたことが始まりだった。

自身の危険を顧みず、仲間のために起こした勇敢な行動。それが結局は獣人族を救うことに繋がり、枯れていた大地も本来の姿を取り戻した。

但し、獣人族として浮き彫りになった問題もいくつかある。

一族の長であるウツギの中でもその懸念点は以前から抱えており、リドもそれは何となく感じていることだった。

「リド殿。色々と話したいことはあるが、まずは改めて貴殿らを歓迎させてもらいたい。他の獣人たちも礼を伝えたいだろうし、今日はこの里でゆるりと過ごされてほしいのだが」

「あ、ありがとうございます。それでは、お言葉に甘えて」

「ここ数日は山を越え魔物と戦って休む間もなかったですからね」

「そうですわねぇ。さすがにちょっとクタクタですわ」

「吾輩はそろそろまともなメシが食いたいぞ。あと、酒も呑みたい」

ウツギの提案に他の面々も乗っかり、ほっとするように肩の力を抜いていた。

「うむ。里の皆も元気を取り戻したことだし。ささやかながら歓迎の宴も開かせてもらえればと思う。

ナノハも、リド殿たちとはまだ話をし足りないようだしな」

「ふふ、そうですね。まだまだ色んなことをお話しさせていただければと思います」

「それからリド殿――」

「はい、何でしょうか？」

ウツギが咳払いを挟み、言葉を続けようとする。

それが少し改まった態度だったため、リドは姿勢を正して耳を傾けた。

「夜になったら少し相談したいことがあるのだが、よいだろうか？」

「え、ええ。僕でお力になれることでしたら何なりと」

「重ねて恩に着る。まあ、夜まではまだ時間もある。それまではナノハの案内でこの里を見て回られるのが良いだろう」

「わかりました」

相談が何に関することなのか気になったリドだったが、夜になればわかることかと考え、その場はウツギに問うことはしなかった。

また夜に改めてと、ウツギの言葉でその場は一旦締められることとなる。

そうしてリドたちが族長の部屋を出ると、大勢の獣人たちが押しかけてきた。

「あんたたちが里を救ってくれたんだってな！」

「ナノハ姫様を助けてくれてありがとうございました！」

「貴方たちは里の恩人よ！」

「おにーちゃんおねーちゃん、あと猫ちゃんも！　おかげで体がすっごく楽になったよ！」

たくさんの称賛と礼賛を浴びせられ、あっという間に取り囲まれるリドたち。一斉に声をかけられたものだから面食らってしまったが、皆が元気を取り戻したようで良かったと、そんなことを感じさせられる光景だった。

「ひめさまー！」

と、人混みを縫って幼い少女が駆けてくる。少女は勢いそのままにナノハの腰辺りへと抱きつき、頭をぐりぐりと押し付けた。

「姫さま、おつかれさまでした！　ひめさまが無事戻ってきてくれて、ムギはすっげーほっとしてるです！」

「ち、ちょっとムギ。みんなの前でくっつかれると恥ずかしいですよ」

「おっと、これはしつれーしましたです」

ナノハが優しく促すとムギと呼ばれた少女が大人しく離れ、その代わりに満面の笑みを浮かべる。

元気いっぱいで、なかなか独特な言葉遣いをする少女だ。

（あの子、ナノハが出発前に話していた子だな。そういえばいつも付いていてくれている幼い侍女がいるって言ってたっけ）

遺跡の地下で話していたことを思い出し、リドはムギのことを眺める。

小柄な体躯で天真爛漫といった感じの子だった。

他の獣人たちと同じように生えている獣耳と尻尾が嬉しそうに動いており、ナノハに頭を撫でられている様は何とも微笑ましい光景である。

「ムギ。私のことを心配してくれていたのは嬉しいですが、皆さんにまず感謝を申し上げないといけませんよ？」

ナノハの言葉で、ムギの頭がぐりんとリドたちの方を向く。

かと思うと、今度はリドの方に突撃してきた。

「うわっ」

「神官のおにーさん、それにおねーさんたち、ありがとうごぜーます！　ムギは大大大感謝でごぜーます！」

「はは、どういたしまして」

ムギは全力の体当たりと感謝の言葉をぶつけ、リドたちに花の咲くような笑顔を向ける。

その可愛らしい純真さに撃ち抜かれたのか、エレナとミリィが揃って破顔した。

「何ですのこの子!?　すっごく可愛いですわ～！」

「天使です！　天使がいますっ！」

頭を撫でながら二人はメロメロの様子だ。

ムギは「やー」と声を上げながらも嬉しそうである。

そんな二人を見ながら、リドの肩に乗っていたシルキーが溜息を漏らす。

「やれやれ。愛嬌という点では吾輩も負けていないのにな。……む？」

ふと何かの感触があり、シルキーが声を上げる。

見ると、ムギがシルキーの尻尾を鷲掴みにしていた。

「猫ちゃんも、ありがとーです！」

「や、ヤメロー！　尻尾を掴むな！　振り回すなぁああああ！」

シルキーが絶叫し、ナノハが慌てて止めに入る。

何とも賑やかな初対面だった。

★
⋆
★

夜になるまでの間、リドたちはナノハの案内で《ユーリカの里》を見て回っていた。

お付きのムギも一緒で、今はミリィとエレナに手を繋がれながら仲良く歩いている。

ムギの持つ天真爛漫さがそうさせるのか、早々に打ち解けあったようである。

「はぁ……。シルキー様、先程はムギが申し訳ありません」

「尻尾が取れるかと思ったぞ。まったく、子供というのは恐ろしい……」

喋る猫が珍しいと思ったのか、はたまた猫自体が好きなのか、ムギはあれ以降もシルキーにご執心の様子だった。

また尻尾を掴んで振り回されては敵わないので、シルキーはビクビクとしながらムギの動向を警戒していた。

「あはは。シルちゃんってば怖がりすぎですよ。ムギちゃん、こんなに可愛いのに」

「可愛かったとしても吾輩の尻尾を振り回していいわけじゃないからな。吾輩のこの魅力的な尻尾が取れたらどうしてくれる」

何度目かの溜息をつくシルキーだったが、また爛々とした瞳を向けてくるムギにびくっとして縮こまっていた。

それからリドたちは里の各所を歩いて回る。

里の中を流れる小川を横切ると、川沿いに建てられた古い小屋が見えた。ナノハの話によれば、そこは粉挽きをするための建物らしい。

「粉挽き用の小屋は水車や風車を付けていることが多いと思うんだけど、あそこには付いていないんだね」

「はい。他の村や町ではそれが一般的だと聞きますね」

「何か付けていない理由があるの？」

「強いて言えば、ずっと人力でやってきたからでしょうか。獣人族の中で風車小屋や水車小屋の建築技法が根付いていないというのもあるかと思います。お父様もこうした古い慣習を変えようとされているのですが……」

「そっか。なかなか難しいことだよね」

ナノハは続けてこの里のことを話していく。

遺跡の地下でも話していたことだが、この《ユーリカの里》にはこうした古い慣習がいくつも残っているのだという。

里の中の生産施設は古めかしいものが多く、対外的な交流も始めたばかり。行商路や交易品の確保などはお世辞にも十分な態勢とは言い難い、と――。

「伝統的と言ってしまえば聞こえは良いかもしれませんが、今回の一件もあります。お父様も里の改革の必要性を感じておられるのだと思います」

確かにもっともな話だなと。

リドは古いままの小屋を見ながら思考を巡らせていた。


その後もリドたちは里の色んな場所を案内してもらうことになった。

ムギのお気に入りのお昼寝スポットであるらしい大樹や、様々な種類の魚が取れるという池。冬の備えを蓄えている蔵に、昼は子供たちの遊び場で夜には大人たちが焚き火を囲って食事をする場所になるという広場など。

自然と共存し、自給自足を営んできたという獣人族らしさが感じられる場所だった。

「最後に、とっておきの景色をご覧いただきましょうか」

「あそこですね、姫さま。ふっふっふ。きっとみんなびっくりするですよ!」

これから案内する場所にナノハとムギは自信があるらしい。

少し足早になった二人の尻尾が楽しげに揺れていた。リドたちはその後を付いていく。

そして一行は小高い丘へと到着した。

「う、わぁ……」

「凄い眺めですね！」

「絶景ですわ～！」

「こりゃあナノハのお姫さんが自信満々だったのも頷けるぜ。《ユーリカの里》にこんな場所があったんだな」

そこにあったのは、さながら黄金の海だった。

辺り一面に稲穂が揺れる様はまさに圧巻で、なるほど豊穣の大地と呼ばれるのも納得だと、リドたちは一様に息を呑んだ。

「これが稲か……。僕が読んだ獣人族の本にも書いてあったけど、実物がこんなにも綺麗だなんて思わなかったな」

「この丘から見える景色は私も好きで、よく来るんです。今日みたいに晴れた日だととても気持ちが良いんですよ」

「ふむ。この丘で日向ぼっこをしたら最高だろうな。吾輩もナノハのお姫さんの気持ちがよーくわかるぞ」

土喰みを倒し、本来の大地を取り戻した影響がここにも表れているらしい。

ラストアとはまた違った形の自然が《ユーリカの里》にはあり、リドたちはこの景色が見られたことに感動を覚えていた。

「そういえば、もう少しすれば収穫の時期ですね。今年はどうなることかと思いましたけれど、この分なら無事に収穫祭も行えそうです」

「収穫祭？」

「はい。《ユーリカの里》では昔から、稲の収穫を行う際に里の者たち総出で祭事を行うのです。毎年賑やかで盛り上がるんですよ」

「へぇ、それは見てみたいね。ラストアにも収穫祭はあるけど、この稲を収穫するとなるとかなり大規模なお祭りになりそうだし」

リドは再び稲穂の海へと目を向け、息を吸い込む。

爽やかな風に乗って稲のかすかな香りが鼻孔をくすぐり、改めて大自然の息吹を感じることができた。

「ふふ。夜の宴になったら振る舞われるかと思いますが、あの稲から穫れるお米というものがありまして。それが凄く美味しいんですよ」

「ひめさまの言うとーりです。あれを食ったらみんなほっぺた落ちちまうですよ」

「ほほう？　そいつは楽しみだな。夜が待ち遠しいぞ」

食いしん坊のシルキーがニヤリと笑い、耳をピクピクと動かす。

そんな姿を皆が笑い、穏やかな時間が流れていった。

★★★

「ぷはー！　うまいっ！　ここの酒、変わった味を出してるなぁ」

夜になって。

リドたちは里の中央広場で大きめの焚き火を囲っていた。

《ユーリカの里》で採れた野菜や川魚などが振る舞われ、リドたちの前には大量の料理が並べられている。

昼間に散々言われたというのに、大勢の獣人たちが訪れては感謝を告げてくるものだから、リドは恐縮しっぱなしだった。ラストア村でも前にこんなことがあった気がするなと懐かしくなりながら、リドは料理を口に運んでいく。

「シルちゃん。あんまり呑みすぎちゃダメですよ？」

「久々なんだから堅いこと言うなって。せっかく獣人族の連中が勧めてくれてるんだしよ」

「まあ、それはそうかもしれませんけど……」

「んむ。わかればよろしい。んぐんぐ……。うまーい！」

ミリィが溜息をつく傍ら、シルキーは満足げにお腹を膨らませていた。

シルキーが酒を呑めることを知り、獣人族の大人たちが次々に酌をしに来た結果でもある。

「それよりミリィよ。お前は間違っても酒飲むなよ？　前にそれでやらかしてるんだからな」

「し、シルちゃん、その話題は禁止！」

振られた話題にミリィがばたばたと手を振る。

一方でリドもミリィとの恥ずかしい行為を思い出したのか、居心地が悪そうにしていた。

そんな二人の反応が気になり、隣にいたエレナが尋ねる。

「ミリィさんがお酒をって、何があったんですの？」

「ああ、エレナのお嬢さんも初耳だったか。実はこのむっつりシスターが間違って酒を飲んだことがあってな。酔っ払った挙げ句、リドをお持ち帰りしてたな。おまけにベッドの上でリドに抱きついてたらしいぞ」

「べ、ベッドで師匠に⁉」

「わぁあああああ！　駄目ですってばシルちゃん！」

響き渡るミリィの絶叫。

近くにいたナノハとムギも頭から生えた獣耳をピクピクと動かし、話の内容に聞き耳を立てていた。

「な、なるほど。お二人とも親密な関係なのですね。ミリィ様もそこまで積極的な方だとは……」

「ふんふん。神官さんとシスターさんはとっても仲良しさんってことです？　これがオトナの関係ってやつです？」

「ち、ちち違うんです。あれはお酒のせいでぇ……」

恥ずかしさのあまり、ミリィが抱えていたシルキーをぎゅっと抱きしめる。

「おぷっ。や、やめろミリィよ。呑んでた酒が、でりゅ……」

「じ、自業自得です」

「お前がやったのは事実だろうが……」

そんな賑やかなやり取りが繰り広げられ、リドは引きつった笑いを浮かべるしかない。

と、一人の獣人がリドたちに何かを持ってきた。

それは器に盛られた料理のようで、湯気がもうもうと立ち昇っている。

「皆さん。こちらが《ユーリカの里》で穫れたコメという代物です。ぜひご賞味ください」

「お、これがナノハのお姫さんが言ってたやつだな。早速いただくとするか」

「まったく。シルちゃんってば切り替えが早いんですから」

コメの盛られた器を受け取り、手を付けていく面々。

リドは始め、白い種のような食べ物かと思っていたが、食感も味もまるで異なっていた。

「わ。これ、美味しい……。今まで食べたことのない味なんだけど、ほんのり甘くてもちもちで。何だかすっごく癖になりそうな感じ」

「お気に召していただけたようで何よりです。ちなみにそのコメは以前から貯蔵していた分なので、それでも少し味が劣る方なんです」

「へぇ。これで味が劣るだなんて信じられないな」

「ふふ。新しいコメでしたらもっともっと美味しいんですよ。とってもふっくらしていて、甘さも段違いで。残念ながら今年はまだ収穫前なのですが」

そんな風に言われて期待するなという方が無理な話だ。笑いかけてきたナノハの言葉を聞きながら、リドは音を鳴らして唾を飲み込む。

それはもちろん、リド以外の面々も同様だった。

「ちなみに皆さん。それと川魚を一緒に食べてみてください」

「コメと川魚を一緒に？」

「はい」

リドはナノハに言われた通り、コメと川魚を口の中に入れる。

すると――。

「～っ!? な、なにこれ、すっごく合う。これ以上ない組み合わせかも」

「でしょう？　このコメという食べ物は、魚やお肉、それに山菜なんかととても相性が良いんです。私たち獣人族は毎日のように食べているくらいですからね」

「ふっふっふ。ムギももちろんすっげー好きでごぜーますよ！」

「こんなに美味しい食べ物が主食なんて、凄いね……」

同じくコメを食していたミリィやエレナ、シルキーも、リドと同じような感想を口にした。

大変な好評だったのが嬉しかったのか、ムギなどは得意げに胸を張っている。

「ちなみにシルキー様が先程呑んでいたお酒も、このコメを元にしたものなんですよ」

「マジか。吾輩、この里にもうちょっといようかな」

シルキーが目を輝かせてそんなことを言う。

（これなら行商も十分にできそうだと思うんだけど、やっぱり交易路を確保できていないのが問題なのかな。もったいないと思うけど、交流があるラストアにも持ち込まれていないようだったし、持ち運びが大変なのかも）」

リドはそんなことを考えながらコメを口に運んでいく。

それがあまりに美味で、皆があっという間に平らげてしまった。

「はぁー。食った食った。吾輩は大満足だ。もー食べれん」

「猫ちゃんお食事終わったですか？　ならムギといっしょに遊ぶです！」

「いや、まだ食い終わったばかりで――ぎにゃー!?　お、おい待て。吾輩を持ち上げるな！　揺らすなぁああああ！」

叫び声を上げ、ムギに連れ去られていくシルキー。

そんな愛猫の姿を心配しながら見送っていると、リドのもとにウツギがやって来た。

「リド殿、楽しんでいただけているかな？」

「あ、ウツギさん。はい、とても美味しい食事までいただいてしまって。本当にありがとうございます」

「ハッハッハ。昼間にも言ったが、感謝したいのはこちらの方だ。これくらいのことで良ければいくらでも恩返しをさせてほしい」

ウツギは笑い、リドの隣に腰を下ろした。

傍にいたミリィとエレナ、そしてナノハは二人の様子をそれとなく窺っている。

「リド殿。昼間に話した相談事の件なのだが、少し良いだろうか」

「はい。僕でよろしければ」

一族の長からの改まった口ぶりにリドは姿勢を正し、少し緊張気味で耳を傾けた。

「ナノハの案内でこの里を見て回られたと思う。何か感じられたことはあるだろうか？」

「感じたこと、ですか？」

「うむ。我も族長を務めてはいるが、里の外のことについてはさほど知見があるわけではない。それに比べ、リド殿はラストア村を聖地として認定されるほど発展させた手腕もある。そのリド殿の目から見てこの里がどのように映ったか、率直な意見を聞いてみたいのだ」

「なるほど……」

リドは昼間ナノハが案内してくれた時のことを思い起こす。

そして顔を上げ、ウツギにその感想を伝えることにした。

「率直に言って、とても素晴らしい場所だと感じました。ラストアも自然に囲まれていますがそれとは違った趣もあって、素敵な里だなと」

「ふむ」

「一方で、気になったところもあります」

「ほう。それは？」

「ウツギさんが感じていることと同じだと思います。一言で言って閉鎖的な環境だということです」

リドの言葉にウツギは目を閉じ、小さく頷く。

「里の施設も色々と拝見しましたが、少々非効率な……前時代的なものが多くありました。恐らくそうなっていることの原因は、対外的な交流が不足していることにあるのだと思います」

「うむ。続けてくれ」

「対外的な交流を持つことの利点は数多くあります。技術や文化を取り入れることにも繋がりますし、何より今回のように里が危機に瀕した時、救援を求めることもしやすくなります。もちろん、友好的な関係を築けることが前提ですが」

「まさにリド殿の言う通りだな。これまで我らの里は外の者たちとの関わりに積極的ではなかった。それ故の弊害も未だ数多くあろう」

「でも、そんなに悲観されることはないかなと。ウツギさんはその中でも村の改革をしようと動かれていると聞きましたし」

「そうですよ。この里の問題を改善しようとされているお父様はご立派です」

リドとナノハの言葉にウツギは手にしていた酒器を呷る。

酒を豪快に飲み干すと、自嘲気味な笑みを浮かべてリドたちに向き直った。

「いや、我ができることなど限られている。今回の一件についてもリド殿たちやナノハに頼りきりだったわけだしな。まだまだ足りていないと、痛感させられたよ」

「……」

ウツギは族長として里の脆弱性を実感したのだろう。先程リドが指摘した事柄も、獣人たちの暮らし、ひいてはその安全性に関わる問題だ。

このままではいけないと、そういう焦りの感情を抱え、ウツギは月が浮かぶ空を見上げる。

その苦悩は決して小さいものではないだろう。そう感じ取ったリドはあることを決意し、ウツギにその考えを伝えることにした。

「あの、ウツギさん」

「ん？」

「よろしければその問題、協力させてもらえませんか？」

「協力？」

「里の問題を解決しようと思っても、人手や資源がないと難しい点も多いと思うんです。だから、僕にできることならお力になりたいなと」

「確かに、その申し出はありがたいことこの上ないが……」

「ぜひやらせてください、ウツギさん。せっかくこうしてご縁が持てたわけですし」

「ふっふっふ、ですわ。師匠がそう言うなら私も協力させていただきますわよ。お父様も力になってくださるでしょうし」

「もちろん私もです。ラストア村の人たちにもお願いしてみましょう！」

リドたちの真っ直ぐな言葉を受け、ウツギは感謝の念で肩を震わせる。

それはナノハも同じだった。

「皆さん……」

「本当に、恩に着る。ぜひ貴殿らの力を貸してほしい」

「はいっ！」

ウツギが手を差し出してきて、リドは決意を新たにする。

ラストアの時と同じだ。自分の力が役に立つなら困っている人たちのために使おうと。

かつての恩人であるグリアムに感化され、抱くようになったその想いを胸に、リドはウツギの手を取った。

そして――。

「ぎにゃぁあああ！　尻尾がもげるぅうううう！」

リドたちが熱い想いを交わし合う一方で、ムギの遊び相手になっていたシルキーが叫び声を上げていた。

✡ ✡ ✡

翌日――。

リドたちは早速、《ユーリカの里》の改革計画に着手することにした。

「よし。まずは柵の補強からだね」

まずは手軽にできることから取り掛かろうとリドは提案したが、その内容は普通ではなかった。

「それじゃミリィ、お願いね」

「はい、お任せください」

ミリィは昨日案内された、ムギがお昼寝スポットにしているという大樹の根本までやって来て、その幹に手を触れる。

そして、ミリィが【植物王の加護】のスキルを使用すると、大樹の根が伸び変形していった。伸びた大樹の根は里の周辺を覆い、あっという間に魔物の侵入を防ぐ防護柵が完成する。

「おおー！」

「すげえ！　あっという間に柵ができあがっちまったぞ！」

「倒れてる間、魔物にやられてだいぶ脆くなってたからなぁ。大助かりだぜ」

ミリィが柵の設置を終えると、見ていた獣人族たちから歓声が上がる。【植物王の加護】の真骨頂といったところだろうか。

ミリィはついでにと、ムギが気持ちよく寝れるような隠れ家を作る。

「わわー！　ありがとーです！　これで雨の日でも気持ちよくおひるねできるです！」

「吾輩にもわかるぞムギよ。昼寝場所の確保は最重要だもんな」

シルキーを抱えていたムギから満面の笑みを向けられ、ミリィは照れたようにはにかんでいた。

「師匠ー！　とりあえず片っ端から狩ってきましたわ～！」

里の外の方からエレナの声がして、台車を引く音が聞こえてくる。

エレナが引く巨大な台車の上には魔物が積み重なっており、相当な数の討伐をこなしてきたことが窺えた。

最近は狩りをできなかったために増えてしまっていたのだという村周辺の魔物を、リドの指示で狩ってきた結果である。

「ふぅ。それじゃまた行ってきますわね」

「大変だろうけどお願いね、エレナ」

「大丈夫ですわ、師匠。スキルの上達にも繋がりますし一石二鳥ですわ」

台車上の魔物を下ろし、エレナは休みなしに森の方へと向かっていった。

エレナが討伐してきた魔物は獣人たちにすれば数日分の食糧を確保できるものなのだが、ラストアでは日常茶飯事となっている光景である。

それを聞いた獣人たちは驚きを隠せずにいた。

「よし。次は、と……」

そうしてリドたちは《ユーリカの里》の整備に着手していく。

用水路にて――。
落石した大岩が水の流れを悪くしていたため、リドが神器《雷槌・ミョルニル》を召喚し、大岩を砕いて除去した。

果樹園にて――。

魔物の餌場と化していたため、エレナと協力して魔物を掃討する。

魔物によって食い荒らされていた木々をミリィのスキルで修復したところ、瞬く間に果樹園が復活した。


粉挽き用の小屋にて――。

同じくミリィがスキルを使い、木々を変形させることであっさりと水車が完成した。

それまで人力で粉を挽いていたこともあり、獣人たちから大感謝される。


里近くの河川にて――。

川魚を捕獲するための「ヤナ場」と呼ばれる大掛かりな仕掛けを設置する。

ちなみにこれは勉強家のリドが以前読んだことのある文献に記されていた仕掛けであり、シルキーが絶対ラストアにも設置してくれと息を荒くしていた。


「ふぅ、順調だね」

昼時を迎えてリドが口にしたが、ナノハやウツギをはじめ、手伝っていた獣人たちは目を白黒させている。

「す、凄いです皆さん！」

ナノハが興奮気味に言ったが、それは他の獣人たちも同じだった。

普通ならばひと月以上はかかるであろう作業の数々を、リドたちは僅か半日でこなしていたのだから。

「ナノハたちが手伝ってくれたおかげだよ。やっぱりさすが獣人族は力持ちだよね」

リドが謙遜してそんなことを言ったが、獣人たちにしてみればリドたちの影響力の方が大きいのは明らかだった。

これはラストアも発展するわけだよなと、皆が羨望の眼差しをリドたちに向けている。

「それはそうとナノハのお姫さんよ。そろそろ吾輩は腹が減ったぞ。またあのコメとやらを食いたいもんだが」

「ふふ、そう言われると思ってちゃんと用意してきましたよ」

食事を催促したシルキーに差し出されたのは、獣人族の間で「にぎり飯」と呼ばれるものだ。

昨日とは形が変わっていたものの、これも大変な美味であり、澄み渡る青空の下で食べるのは格別だった。中に入っていた焼き魚の切り身も相性抜群である。

ふと、にぎり飯を頬張っていたリドの耳に、手伝いをしてくれていた獣人たちの会話が聞こえてくる。

「しかし、久々に体を動かしたからしんどいなぁ」

「だな。体のあちこちが張ってる感じがするぜ」

「……」

その会話を聞いたリドは思案顔になり考え込む。

そして――。

「あのさ、午後からの作業なんだけど――」

前に読んだ本に良いことが書いてあったなと、表情を明るくするリドだった。

★★★

「よし、神器召喚――」

昼食を終えた後。

リドは開けた場所でスキルを使用する。

眩い光が収まり、リドの手に握られたのは小振りな金の鈴だった。

「リド様、それは?」

「《ギャラルの黄金鈴》っていう神器でね。普通は探しものをしている時なんかに使うものなんだ」

「探しもの……。それは便利な道具なのですね。でも、それで一体何を?」

「ふふ。それは後のお楽しみということで」

そうして、リドは里の中を歩き始める。

手に鈴をぶら下げながら歩く様子は一見何をしているかわからないが、リドのことだ、きっと驚くことをやってくれるのだろうと、ナノハたちはリドの後を付いていった。

歩くこと少し。

リン――と。

《ギャラルの黄金鈴》が美しい音色を響かせた。

「うん。ここならバッチリだ」

鈴が鳴った場所の周囲を見渡しながらリドが呟く。

辺りには何もなく、それがリドにとっては好都合だった。続けてリドは神器召喚と唱え、その手には大鎚が握られる。

「よし。それじゃ、ここを思いっきり」

リドはそう言って、《雷槌・ミョルニル》で地面を叩いた。

それは二度三度と繰り返され、みるみるうちに地面が陥没していく。

そして、何度目かの衝撃を与えると――。

「わー！　あったかい雨が降ってきたです！」

近くにいたムギが歓声を上げる。

その言葉通り、リドたちのいる場所には温かい水沫が降り注いでいたのだ。

「こ、これは……」

リドの足元から噴水のように噴き出している湯水を見ながら、ナノハが呆然と呟く。

そう――。

リドはここ《ユーリカの里》に温泉を湧出《ゆうしゅつ》させたのである。

「綺麗ですね！　虹がかかってますよ！」

「こんなにたくさんの湯水が地面に流れていたなんて、ちょっと不思議ですわね。でも、これって何に使えるんでしょうか？」

「あのお湯、飲んだら旨いんだろうか」

ミリィやエレナ、シルキーが湧き出た温泉に思い思いの感想を口にしていた。

★ ⋆ ★

「はぁ……。気持ちの良いものですね」

夕暮れ時になって。

木製の湯船に女性陣が肩を並べて浸かっていた。

「ナノハさんと同意見ですねぇ。蕩けちゃいそうです」

「これはぜひラストアにも欲しい施設ですわねぇ……」

リドが温泉を掘り当てた後のこと。

急いで湯船やその周りを囲う壁を設置することになったのだが、そう時間はかからなかった。

木材はミリィが【植物王の加護】のスキルを使って調達できたし、その加工はエレナが素早い剣技でやってのけた。

後は里の者たち総出で建設に取り掛かったところ、急ごしらえとは思えない立派な温泉施設が誕生し、今に至る。

温泉の温度もどうやらちょうど良いようで、女性陣は蕩けた声を漏らしていた。

「わぁー。すげーおっきいお風呂ですー！」

「こらムギ。湯船で泳いではいけませんよ」

思い切りはしゃいでいたムギがナノハに注意を受け、エレナとミリィはそれを見て笑っている。

何とも微笑ましい光景だった。

「リド様が掘り起こしてくださったこの湯は一体何なのでしょうか？　雪のように白いですし、不思議と良い香りがします」

「にごり湯と呼ぶらしいですわ。疲労回復の効果があるのだとか」

「前にエレナさんと一緒に入ったファルスの町のお風呂よりも、体がぽかぽかする気がしますね。疲れが溶けちゃいそうです」

「あれは普通の水を温めたものですからね。ちなみに、この温泉というのは美容にも良いらしいですわよ」

「おお、それは嬉しい効能ですね」

「といっても、ミリィさんには必要ないと思いますけれどね。元からお肌がピチピチですし、それ以上可愛らしくなったら大変ですわ」

「そ、そんなこと……」

ミリィは恥ずかしそうに赤面する。エレナには微笑みかけられたが、ミリィからすればこの温泉に

浸かってから気にかかっていることが一つあった。

ミリィはその内容を口に出すことはしない。

しないが、時折エレナとナノハに横目を向けている。

（エレナさんやナノハさんみたいに胸が大きくなる効能とかはないんでしょうか……）

そんなことを考えながら、ミリィは自分の胸を確かめるようにぺたぺたと触っていた。

「それにしても――」

ナノハが上の方を見上げ、肩にちゃぷりとお湯をかける。

「屋根がないと落ち着かないのではと思っていましたが、これはむしろ素晴らしいですね。外の景色を見ながら湯に浸かるのがこんなにも気持ちの良いものとは思いませんでした」

「凄く開放感がありますよね。リドさんの言っていた通り、《ユーリカの里》にぴったりの施設かもしれません」

空には夕月が浮かび、心地の良い風が吹いている。

遠目には針葉樹林が映り、夕暮れに染まるその光景はまさに絶景と言えた。

そんなものを湯に浸かりながら眺めていられるのだから、贅沢なことこの上ないというものだ。

「これも師匠のおかげですわねぇ」

「リドさん、前に読んだ本で温泉のことを知ったみたいですね」

「勤勉な師匠のことですからね。人々を導く神官の鑑ですわ。まったく、あれほどの人が左遷されたことがあるだなんて今でも信じられませんわよ」

「この温泉も、里の者たちが疲れを癒やせるようにと思いついたものらしいですね。獣人たちも皆喜んでいました」

「ふふ。そういうところ、リドさんらしいです」

「きっと師匠が聞いたらまた謙遜されるに違いありませんわね」

「穏やかで慎ましく、それでいて現状に満足せずまっすぐに進もうとされる。本当に、リド様は素晴らしいお方ですね」

リドのことを称えながら、女性陣はまた蕩けるような息を漏らす。

ゆったりとした時間が流れ、皆が温泉の素晴らしさを噛み締めていた。


一方その頃、男性用の浴場では――。


「だとさ、相棒」

「ハハハ。リド殿も慕われておるな」

「ち、ちょっと照れますね……」

同じく湯に浸かっていたリドが、照れくさそうに頬を掻いていた。

七章　思い出の景色

「リドさん、頼む！」

「俺たちに！」

「稽古をつけてくれ！」

太陽の光が降り注ぐ、そんな気持ちの良い日の午後のこと。

その日も里の改革のため作業をしていたリドのもとに、若い獣人たちがやって来た。

「僕に稽古を？　どうしたんですか、急に」

唐突に頭を下げられたリドは困惑して問い返す。

リドに頼み込んでいた獣人たちは皆が筋骨隆々で、いかにも武闘派という印象だ。

族長のウツギほどではないが、皆が良い体格をしている。

「俺たち、里周辺の警護や狩猟を担当している者なんだが」

「里の警護や狩猟……。というと、魔物との戦闘を？」

「そう、そうなんだよ！」

話しかけてきた獣人の一人が熱く返してきたが、リドからしてみればその獣人が興奮している理由が不明である。

獣人も思わず食い気味に話してしまったことが恥ずかしかったのか、咳払いを挟んでから事情を説明し始めた。

「実は、さっきまでエレナさんに同行させてもらって《カナデラ大森林》へ魔物討伐に出かけていたんだ」

「エレナに？」

「ああ。俺たちはそこで初めて彼女が戦う様子を見たんだが、そりゃもう凄いのなんのって。鬼神の如きってああいうことを言うんだろうな。ニコニコしながら剣を振ったかと思ったら、あっという間に魔物たちを全滅させちまったんだよ」

「なるほど」

「いやぁ、エレナさんには本当に驚かされたよ。俺たちもあんな風に強くなれたらもっと里の役に立てるのにって、そういう話をしてたんだよな」

若い獣人は興奮気味に捲し立てる。

どうやら獣人たちはエレナの戦いぶりを見て感化されたらしい。同じ魔物を相手にする者として感じるところがあったということなのだろう。

「あれ？　でもそれが何で僕に稽古を頼もうというお話に？」

リドがもっともな疑問を口にする。

エレナの戦闘を見てその強さに惹かれたのであれば、エレナに武術の稽古を付けてもらうのが自然な流れのように感じたからだ。

「はっはっは。エレナさんから聞いてるぜ。リドさんはあのめちゃくちゃ強いエレナさんの師匠なんだろ？」

「ま、まあ確かに、そう呼ばれはしていますが」

リドは反応に困りながら、一応肯定する。

エレナがリドのことを師匠と呼び始めたのは、初めて行った天授の儀がきっかけである。

父バルガスの代わりに武の力を求めていたエレナにとって、リドが与えてくれたスキルはまさに天啓であり、その後の指南も的確だった。

エレナが「このお方はまさに私にとっての師匠ですわ〜！」と思うまでにそう時間はかからず、リドのことを師匠と呼ぶようになったのだ。

当然のことながら、当初のリドは師匠と呼ばれる度にひどく恐縮したものだったが……。

「おまけにリドさんは時々エレナさんの稽古相手を務めてるって聞いてな。エレナさんも大絶賛していたし、こりゃもう、俺たちも稽古をつけてもらうしかないなと、そう思ったわけだ」

「な、なるほど」

「頼む！　リドさんはこの里の改革で忙しいだろうが、俺たちも強くなりたいんだ！　この前みたいに姫様ばかりに危ない橋を渡らせたくないんだよ！」

必死な様子の獣人たちを見てリドは納得する。

《ユーリカの里》を守護する立場にありながら、先日の一件でナノハを危険に晒したことへの悔いがあるのだろう。

それはもちろん仕方のない事情があったとはいえ、彼らの中ではそれ以上に報いたいという想いが強いようだ。

そして、その気持ちはリドにもよく理解できた。

「いいじゃねえか。協力してやれよ、相棒」

「あ、シルキー」

獣人たちと話をしていたところへシルキーがやって来た。リドの肩の上、定位置に収まると少しぐったりとした表情を浮かべていた。

聞けば、どうやらムギの遊び相手になっていたらしい。やっと解放されたのか、はたまた逃げてきたのか。いずれにせよシルキーは安息地を求めてやって来たようだ。

「獣人たちの言う通り、普段からエレナのお嬢さんの武芸指南もやってるんだし、稽古をつけるのはお手の物だろ。それに、この連中が強くなれば里の安全が確保されるだろうしな」

「そうだね」

リドはシルキーを撫でながら獣人たちの方へと向き直る。

「わかりました。では稽古場の方へ向かいましょうか」

「おお、それじゃあ！」

「はい。僕でお力になれるのであれば喜んで」

リドがそう言うと、若い獣人たちは歓喜の声を上げた。

その姿を見ながら肩に乗っていたシルキーが溜息をつく。

「ま、相棒もここんところは作業ばっかりだったし。たまには運動しないとな――」

★ ★ ★

《ユーリカの里》の外れにある稽古場にて。

そこは木造で作られた広い施設で、普段から獣人たちが腕を磨くための場所として扱われているらしかった。巻き藁や弓術を磨くための的などが設置されていて、いかにも鍛錬をするための場所といった感じだ。

リドが稽古をつけるという話を聞きつけた他の獣人たちもやって来て、稽古場にはちょっとした人だかりができている。

「はは……。こう大勢集まられると緊張しちゃうね」

リドは苦笑混じりに声を漏らしたが、リドの戦いぶりを見られるとあってか集まった獣人たちは期待に目を輝かせていた。

「リドさんが獣人の方たちと手合わせをすると聞いて来ちゃいました！」

「師匠ー！　頑張ってくださいですわー！」

「ふふ。ちょっとした催し物みたいになっていますね」

「リドのおにーさんが戦うのが見られるです？　ワクワクです！」

ミリィやエレナ、ナノハにムギもいて、それぞれがリドに声援を送っている。

エレナは指南役として加わった方が良いのではないかとリドは伝えていたが、本人によると「たまには師匠の戦いぶりを外からじっくり観察したいですわ！」とのことらしい。

——形式は一対一の模擬戦。

口頭よりも、実戦での指南の方が肌で感じやすいだろうということからこのような形を取ることになっていた。

「リド殿、話は聞いた。すまぬが、彼らのことをよろしく頼む」

「はい、ウツギさん」

稽古場にはウツギも来ていて、リドに声をかけていた。

獣人族の族長として若い者たちを見守ろうと、そういう責任感ある立場から見に来たのかとリドは思ったが、それだけではないようだ。

「普段から鍛えている連中だからな。ちょっとくらい強めに稽古をつけてくれて構わんぞ？」

ウツギはニヤリと笑みを浮かべていた。

どうやらリドの戦う姿を見たいという興味の方が強いらしい。

「ふっふっふ。相棒よ、良い見世物と思われてるらしいな。吾輩も面白そうだし見物させてもらうとするぞ」

「はぁ……。楽しそうだね」

肩から降りて観衆の方に歩いていく愛猫を見ながら、リドは溜息をつく。

リドが向き直ると、稽古を受ける若い獣人たちから威勢の良い声がかけられた。

「よーし。それじゃリドさん、お願いするぜ！」

「はい、お願いします」

まずは一人目の獣人が構え、リドもそれに合わせて構える。獣人とリド、二人の手にはナノハが愛用している「薙刀」という武器を模した木製武器が握られていた。

獣人たちの間ではこうした手合わせを行う際にはよく用いられる武器らしい。

事前にシルキーから「お前に神器を持たせたらやりすぎちまうからな」と言われた結果、リドもまた薙刀の模造武器を用いることになっていた。

「では、始め！」

立会人を務めるウツギが宣言し、リドの稽古が開始されることになる。

「……」

「……」

始め、リドと獣人は互いの武器が触れ合うか否かという距離で見合っていた。相手に攻撃するには一歩以上踏み込まなければならないという、そんな距離である。

すぐに獣人の方が前に出て、リドの脇腹目掛けて武器を振るう。

「とりゃっ――――！」

後の獣人の証言によれば、この時既に敗北を予感したという。

さすがに身体能力が高いと言われる獣人族だけあって、振るった武器の威力は見事なものだった。

しかし、間違いなく胴を捉えたと思った一撃は空を切る。

そればかりでなく、獣人は自分の首筋に何かが当てられるのを感じていた。

「少し、大振りすぎましたね」

背後から聞こえた声。

獣人が振り返ると、そこにはリドがいた。

「い、いつの間に……」

「武器は振るう際、その攻撃が繰り出される始点方向が死角になることが多いんです。貴方の場合は右利きですから、僕から見て左にそれがありました」

「は、はぁ……」

「逃げるのではなく、むしろその攻撃が来る方向に体を持っていく方が安全なこともあります。先程の僕も、武器の軌道より下に潜り込むことで攻撃を回避しました。こうすることで次の反撃を死角から放つこともしやすくなります。魔物の戦闘でも横薙ぎに攻撃を繰り出してくる敵には有効になる場面が多いですよ」

「な、なるほど……」

淡々と語られるリドの解説に、立ち合った獣人は思わず頷く。

が、そのすぐ後で「いや、それにしてもリドさんの動き、疾すぎないか?」ともっともなことを口にした。

「い、今の動き、ほとんど見えなかったぞ!」

「リドさんってこんなに強いのか……」

「リドのおにーさん、すっげーです!」

一瞬呆気に取られていた観衆たちも、一斉に声を上げる。

それぞれが今の一瞬の出来事について、興奮した感想を口にしていた。

「ふふん。さすが師匠ですわね。鮮やかですわ」

「はは……。改めてリドさんって戦闘も規格外ですよね」

「それでいて、凄く勉強になりますね。攻防の解説もわかりやすくて……。これは私も後で手合わせをお願いしたいです」

エレナにミリィ、ナノハも今の戦闘について言葉を交わす。

相手を制する動きもそうだが、話したその内容についても学ぶところが多いと、皆が深く頷いていた。

「り、リドさん。もう一本頼む！」

「はい。よろしくお願いします」

そうして、リドは再び獣人との立ち合いに応じる。

その後もリドの圧倒的な戦いぶりが繰り広げられ、観衆たちも大盛り上がりだった。


「ハァ、ハァ……！　っ、強すぎるぜリドさん」

「まさか一本も取れないなんてな……」

「でも、凄く勉強になったぞ」

「ああ。これは魔物との戦闘にも活かせそうだ」

何回目かの立ち合いを行い、稽古をつけてもらっていた獣人たちは息も絶え絶えの様子で尻をついている。

各々がリドの無双ぶりに感嘆しながらも、成果を実感したようだ。

獣人たちはどこか清々しく、満足げな表情を浮かべている。

「皆さん、ありがとうございました。最後の方はこちらも危なかったですし、動きもとても良くなっていたと思います」

リドにそう言われて獣人たちは嬉しそうに笑みを浮かべたが、一方で「リドさんまったく息を切らしてないんだよな……」と、改めてリドの脅威を感じていた。途中からリドの稽古を志願した獣人もいて、かなりの戦闘をこなしたはずなのにリドの動きは衰えている様子がない。

その様子を見ていたミリィが、肩に乗っているシルキーに問いかける。

「もう当たり前の感じになっていましたけど、リドさんって何であんなに強いんでしょうか？　神器を使っている時はもちろんですけど、ああいう普通の武器を使っても強いみたいですし。何より動きが常人離れしていると思うんですが……」

「それは私も気になりますわね。いつも師匠に稽古をつけてもらっている時もそうですが、あまりに戦闘慣れしている気がしますわ」

ミリィとエレナから疑問を投げかけられ、シルキーは得意げに尻尾を振って応じた。

「ふふん。そりゃまあ、運動しろって言われてドラゴンを狩ってきたような奴だからな。それも、王都にいた頃は毎日のようにやってたくらいだ。戦闘慣れしているのは当然だし、体力もあるさ。あのくらいの戦闘じゃ疲れも見せないだろうよ」

それもそうかと、質問をしたミリィとエレナは頷いたが、それにしてもちょっと規格外すぎるなと溜息を漏らす。

「でもシルキー様。リド様は元からあのように強かったのですか？　神官になった後にドラゴン狩りを通じて、というのは理解できるのですが、そもそも最初からドラゴンの魔物相手に戦ってこられたのでしょうか？」

「……んむ。それはあのジジイのおかげだろうな」

「グリアム様の？」

「そうだ」

シルキーの言葉にナノハは少し意外そうな顔をする。

そしてシルキーが話し始め、ミリィとエレナ、ナノハの三人は耳を傾けた。

「お前らには想像つかんかもしれんがな。リドの奴、昔はけっこう暗かったんだよ。それこそジジイに拾われた当初はけっこう塞ぎ込んでてな」

「「「……」」」

「でな、あのジジイはそんなリドをどうにかしようと思ったんだろうな。日頃から色々と気にかけていたんだが、ある時、リドの稽古をつけようという話になったんだよ」

「リド様の稽古を？」

「ああ。『体を動かせば嫌な気持ちも吹き飛ぶ！』がジジイのモットーだったからな」

「そ、それはなかなか豪快な方ですわね……」

「はは……。でも、リドさんやシルちゃんから聞いてるグリアムさんってそういう方な印象がありますね」

エレナとミリィが言って、ナノハはそれに頷く。

「そうですね。確かにあまり神官らしくないと言いますか、豪気な性格の方ではあった覚えがあります。シルキー様の言う通りの印象の方でした」

「そういえばナノハさんはグリアムさんに天授の儀を行ってもらったんですよね？」

「はい。私が幼い頃、《カナデラ大森林》の方まで出て迷子になってしまったことがあって、その時に出会ったのです。里に戻れるよう協力してくださったばかりか、『泣かないでいたご褒美だ』と言って、天授の儀まで行っていただいて。懐かしいですね……」

ナノハはそう言って昔のことを思い出すかのように胸の前で手を合わせていた。

シルキーもまた、そんなナノハを見て昔を懐かしむような表情を浮かべていたが、すぐに先程の続きを話し始める。

「そんでだ、あのジジイのつけた稽古っていったらそれはもう激しいのなんの。剣術に槍術、体術に斧術や弓術なんかまで、ジジイはリドにあらゆる武芸稽古をつけていった。リドには素質があるなんて言ってたが、たぶんあれは自分も楽しんでたと思うぞ」

「へ、へぇ……。それはリド様も大変でしたね」

「まあ、あのジジイからすればそれがリドと心を通わせるきっかけになるとも思ったんだろうぜ。実際にリドもジジイのことを慕うようになっていったし、あのやり方は合っていたと、そういうことなんだろう。その他にも色々とあったがな」

「ほうほう。師匠の色々というのは気になりますわね」

「ま、それはまた今度だな。とにかく、リドがあんな感じで化け物じみているのは、幼少期からジジイに稽古をつけてもらってたおかげというわけだ」

「なるほど。リド様は昔から努力をされていたのですね」

「そういうこった」

シルキーの話を聞き終えた三人はリドに視線を向ける。リドは獣人たちに口頭での指南を続けているようだ。

三人は、そんなリドの新たな一面を知れたような気がして微笑を浮かべていた。

「リド殿。誠に素晴らしい戦いぶりであった。他の見ていた者たちも大変勉強になったであろう。我からも皆を代表して礼を言わせてくれ」

「あ、ありがとうございます、ウツギさん」

「うむ。しかし、本当に見事な動きだった。これまで数々の問題を解決してきたというのも頷けるというものだ」

リドの戦いを間近で見ていたウツギは感謝の意を伝える。

それから照れくさそうに頬を掻くリドのことをじっと見つめていた。

そして、ウツギは何かを決心したかのように頷き、リドにある提案を持ちかける。

「リド殿。もし叶うならば、我とも一戦交えてもらえぬか？」

「え？　ウツギさんと……？」

「ああ。リド殿の戦いを見ていて昔の血が騒いだと言うべきかな。ぜひ一度、手合わせ願いたいと思うのだが」

ウツギの言葉がそう声をかけると、やり取りを聞いていたナノハが驚きの表情を浮かべた。

「お、お父様が」

「何だ？　獣人のおっちゃんも戦えるのかよ？」

「え、ええ。今でこそお父様は魔物の討伐などを里の若者たちに任せるようになりましたが、昔はかなりの武闘派だったと聞きます。私もたまに稽古をつけてもらいますし、それこそ、かつては竜と戦って討ち取ったこともあるとか……」

「ほほう。そりゃ面白くなりそうだな」

シルキーが興味深げに笑う。

見るに、ウツギはかなりの巨漢である。

初めてリドたちが里を訪れた時こそ床《とこ》に臥せっていたものの、その威圧感は他の獣人たちの比ではない。だからこそ、リドとウツギが戦ったらどうなるのか、それは面白い戦いが見られるだろうなと、傍観者気分のシルキーは呑気に尻尾を振っている。

ナノハの話を聞いたミリィもエレナも、観衆としてその場にいた他の獣人たちも気になるようで、二人に注目を寄せていた。

「わかりました。ぜひお願いします」

「うむ。ではよろしく頼む」

ウツギが口の端を上げる。

先程の血が騒ぐという言葉も間違いではないのだろう。

リドとの立ち合いに少なからずの高揚感を感じている。

そんな笑みだった。


「……」

「……」

そうして、二人は稽古場の中央で向かい合う。

リドの手には先程までと同様、薙刀の模造武器が握られていて、それはウツギも同じだ。

しかし、稽古場に満ちる緊迫感は先程までと比べ物にならない。

自然と誰もが沈黙し、リドとウツギの二人を見守っていた。

「ハッ――！」

先に動いたのはウツギだ。

刺突による攻撃が空気を切り裂き、リドに迫る。

木製武器の先端には危険がないよう布が巻き付けられていたが、それでもその刺突を受ければ一撃で決着するだろう。

そんな威力を持った攻撃だった。

しかしリドはその攻撃を容易く回避する。最小限の動きで刺突攻撃を横に躱し、反撃を試みようと武器を後ろに引いた。

リドならこのくらいの攻撃は躱してくるだろうと、ウツギにとってもその動きは予想範囲内の動きだった。

いや、その動きを取らせることこそがウツギの狙いだったとも言える。

ウツギは突き出した武器の軌道を強引に変え、横薙ぎの攻撃へと変化させた。

「オォッ！」

「……っ」

咄嗟に反応したと、そういう表現になるだろうか。

リドはウツギの攻撃の変化を僅かな違和感から読み取り、瞬時に膝を脱力させて下へと回避した。

「フフ。今のを躱すとは流石だな、リド殿」

「危ないところでした。ギリギリでしたね」

距離を取り、再びリドとウツギは対峙する。

「す、凄いですね二人とも……」

「これはとても良いものを見させてもらっていますわ！　というか、殿方二人の決闘って感じで何だかワクワクしますわね！」

「おいおい、エレナのお嬢さんよ。変なところで興奮してんじゃないぞ」

「……シルキーさん。その指摘は野暮ですわよ」

「でも、お父様のあの攻撃を初見で躱すなんて……。リド様がそれだけ実戦慣れしているということなのだと思いますが……」

「昔あのジジイに散々やられてきたからなぁ。攻撃を喰らわないってのは幼い頃の鍛錬の賜物ってやつなんだろうぜ」

リドとウツギの攻防を見ていた者たちは口々に感想を漏らし、またも対峙している二人に目を向けた。

「どうやら小細工は無用のようだな。ではリド殿、次だ」

「はいっ」

言葉を交わし、ウツギがリドとの距離を詰める。

その突進の勢いは凄まじく、それでいて合理的な攻撃方法でもあった。ウツギほどの巨漢の体当たりを受ければそれだけで決着はつくだろうし、下手に回避して動きを読まれれば攻撃範囲の広い長柄武器の餌食となるだろう。

それはリドもわかっている。

だからこそ自身も踏み込み、剣で言うところの鍔迫り合いのような格好に持ち込んだ。

「ムッ……！」

こうしてしまえば、ウツギは長柄武器を振るうだけの予備動作が取れない道理。

しかし当然、体格で劣るリドがウツギの勢いを完全に殺すことはできない。

リドはその勢いを逆に利用した。

一瞬だけ武器を合わせて行動を制限した後、自身は後ろに跳んで、離れ際にウツギの手首を狙う。

剣術の技の一つに「引き小手」という技があるが、リドの放った攻撃はそれによく似ていた。

「ぐっ……！」

長柄武器の特性を活かした攻撃で、リドはウツギの手首を的確に捉える。

しかし、流石ウツギも歴戦の戦士といったところか。

本来であれば武器を取り落として決着となりそうな攻撃に耐え、リドに反撃を試みる。

そこからの攻防は圧巻で、見る者たちにとっては芸術とすら思える打ち合いだった。

優れた身体技能と、豊富な実戦経験からくる技の打ち合い。ミリィやエレナ、そしてナノハやシルキー、他の獣人たちも、言葉を挟むことすら忘れ、リドとウツギの戦いに見入っていた。

「ぬぅん！」

「……っ！」

そして、決着の時が訪れる。

ウツギが豪快に横薙ぎの攻撃を放ち、それをリドは柄で受けた。

その攻撃の勢いは凄まじく、ウツギの踏み込んだ足が稽古場の床にヒビを入れたほどだ。

攻撃を受けたリドの体は大きく後方へと吹き飛ばされることとなり、そのまま壁に激突するかに思われた。

が――。

「なっ……」

壁に叩きつけられる刹那、リドは身を反転させ、逆に壁を足場にする。

渾身の一撃を放ったウツギはリドの動きに防御姿勢を取ることができず、自身の胴を晒すことになった。

「……フッ。我の負けであるな」

「はは……。紙一重でしたね」

しんと静まり返った稽古場に二人の声が響く。

ウツギの胴に模造武器の先端が軽く当てられ、それはリドの勝利を意味していた。

息を呑んで二人の戦いを見守っていた観衆たちだったが、決着がついたことを知ると一斉に歓声を上げ始める。

「すっげーです！　リドのおにーさんもウツギ様もとんでもねー戦いでしたですっ！」

ムギの無邪気な声に続き――、

「ふむ、なかなか面白かったな。相棒もまた更に腕を上げたようだ」

シルキーが偉そうに尻尾を振って――、

「素晴らしい戦いぶりでしたわ！　さすが師匠ですわ～！」

エレナが得意げに胸を張り――、

「お二人の戦い、すっごくワクワクしました！」

ミリィが真っ直ぐに称賛の言葉を投げて――、

「本当に、見事な戦いでした。私も大変勉強になりました」

ナノハが真面目な感想を口にしながら微笑む。

他の獣人たちも大興奮の様子でリドとウツギに言葉をかけていた。

「リド殿、感謝するぞ。久々に胸の熱くなる戦いが楽しめた」

「はい、僕の方こそありがとうございました。逆にこっちが稽古をしていただいている感覚でした」

「ハハハ。リド殿らしいな。本当に、見事だった。良ければ今後も里の者に稽古をつけてやってほしい」

「え、ええ。僕でよろしければ」

リドとウツギは二人で握手を交わす。

そうして、稽古場はまたも大歓声に包まれるのだった。

★⋆★

「あれ？」

昼間の稽古の汗を流し、リドがその日の温泉を満喫した後。

一緒に入浴していた獣人たちと別れ、浴場施設の外を歩いていた時のことだ。

明日には綺麗な満月が拝めそうだなと、一人で夜の散歩を楽しんでいたのだが、リドはそこであるものを見つける。

「うーむ。なかなか見つかんねーですね」

それは、草むらでゴソゴソと動くムギの姿だった。

リドはムギに近づき、声をかける。

「ムギ？　何してるの？」

「わわわっ！　しー！　しーですよ！」

リドの姿に気付くと、ムギは慌てた様子で口に人差し指を立てている。

そして辺りをきょろきょろと見渡し、他に誰もいないことを確認してほっと息をついていた。

どうやら誰かに知られたくないことをしていたようだが……。

「ふー。あぶねーあぶねーです。あ、リドのおにーさん、昼間はお疲れ様でごぜーました。とっても楽しかったですです」

「こんばんは、ムギ。楽しんでいただけて何よりだよ」

可愛らしくお辞儀してきたムギに笑いかけ、リドは聞いてみることにした。

「えっと、ムギは何してたの？　こんな草むらでしゃがみこんで」

「むふふ。それは、この時期の夜にしか咲かねー花を見つけるためです」

「花？」

ムギはどこか得意げに言った。

ムギの話によると、どうやらこの《ユーリカの里》には「夜灯花《やとうか》」という変わった花があるらしい。

夜灯花は冬が迫ったこの季節の夜にしか咲かない花のようで、月の灯りを映したかのように淡く、そして美しく輝くのだという。

「へぇ。そんな珍しい花があるんだ。でも、どうしてムギはその花を？」

「んふ。それは姫さまに『おくりもの』をするため、です！」

ムギはよくぞ聞いてくれたと言わんばかりに胸を張った。

「ナノハに贈り物？　明日は姫さまの誕生日なんです！」

「そーです！　明日は姫さまの誕生日なんです！」

思わず声を張り上げてしまってマズいと思ったのだろう。

ムギはしまったとばかりに自分の口を手で押さえ、誰かに聞かれていないかまた辺りを見渡していた。

そんなムギに苦笑しながらも、リドはなるほどと頷く。

どうやらムギはナノハに誕生日の贈り物として夜灯花をあげようとしているらしかった。

「でも、その花がなかなか見つかんなくって困っているです……。姫さまに喜んでもらいてーですのに……」

ムギはしゅんとして獣耳を垂らす。なかなかに苦戦している様子だ。

そんなムギを見て、リドのお人好しが発揮されないわけはない。

リドはムギに微笑みかけ、その申し出を口にする。

「ムギ、もし良かったら僕も見つけるのを手伝うよ」

「おお、ほんとーですか！　それは助かるです！」

一転、笑顔になったムギにつられてリドも笑う。

(《ギャラルの黄金鈴》を使えばすぐに見つけられると思うけど……)

リドは温泉を発掘した時の神器を召喚しようとして、やめた。

必死になって草むらを掻き分けているムギを見つつ、自分も同じように腰を落として夜灯花を探し始める。

(こういうのは自分たちの手で探すのが大切、だよね)

そんなことを考えながらムギと二人で探すことしばらく――。

「あった！　見つけたです！」

お目当てのものを発見したムギが笑顔を弾けさせた。

「リドのおにーさん！　ありがとです！　おかげで花を見つけられたです！」

「どういたしまして。それに、見つけたのはムギだからね」

「でもでも、リドのおにーさんは、はなかんむり？　ってやつの作り方を教えてくれたです。おかげですっげー良いおくりものができそーです」

「ふふ、それは良かった」

ムギはリドが作ってやった夜灯花の花冠を抱え、ぺこりとお辞儀をする。

そして何度も礼を言ってから、ムギはパタパタと駆けていった。

（ナノハが慕われているのがよくわかるね）

嬉しそうに駆けていくムギを見ながらリドは一つ息をつく。

献身的で実直なナノハのことだ。ムギだけではなく、多くの獣人たちから愛されているんだろう。

初めてラストアで出会った時もそうだったし、ナノハは今もリドたちに協力して里の改革のためと精力的に動いている。

だからこそ、自分ももっと力になりたいなと、そんなことを思い浮かべながらリドは月明かりの照らす夜道を歩き出した。

★★★

「リドのおにーさん、昨日はありがとーございました！　姫さま、とってもとっても喜んでくれたです！」

翌日の夜。

無事ナノハに贈り物を渡せたらしいムギが、リドに満面の笑みを向けてきた。

「それは良かったね。ムギが頑張って探したからだよ」

「ふひひ。くすぐってーです」

リドに頭を撫でられたムギが顔を綻ばせる。

どうやら上手く贈り物を渡せたらしく、尻尾をぶんぶんと振っていた。

「と、いけねーいけねーです。姫さまからリドのおにーさんに伝言があったです」

「伝言？　ナノハから？」

「はいです。かじゅえんをこえた先で待ってるって言ってましたですよ」

「確か、前に案内してもらった池がある方だね。何だろう？」

「ぷくく。ひょっとしたら『愛のこくはく』とかゆーやつかもしれねーですよ」

「ははは。ナノハが僕になんて、それはないでしょ」

「……」

冗談だと思ったリドは真に受けなかったが、ムギにはそれが不服だったらしい。

いや、不服というよりも呆れているといった感じだ。

何かを訴えかけるようなジトっとした目を向けられ、リドは困惑した表情を浮かべる。

「え、何……？」

「リドのおにーさん、色々とすげーですけど、あんましすげくないところもあるです」

「えぇ……？」

「さあ、行った行った、です」

「う、うん」

ムギにグイグイと背中を押され、リドは伝えられた場所に向かうことにした。

「あ、リド様」

「ナノハ、こんばんは」

果樹園の先にある細道を抜けると、池のところでナノハが待っていた。

リドは言葉を交わし、そのままナノハのいる所まで歩み寄る。

ナノハの小麦色の髪が月明かりに煌めいており、その姿で池の縁に立っている光景はとても神秘的だった。

「ええと、ムギからここに来るよう聞いたんだけど」

「はい。この夜灯花の花冠を作るのに、リド様が協力してくださったとムギから聞きまして。おかげでとても良い贈り物を受け取ることができました。本当にありがとうございます」

花冠を手にして、ナノハが律儀にも頭を下げてきた。

「ううん。僕は花冠の作り方を教えただけだから」

「いいえ。ムギも喜んでいましたし、私も凄く嬉しかったですよ」

「それは良かった。あ、と……。誕生日おめでとう、ナノハ」

「あ、ありがとうございます」

リドが祝いの言葉をかけると、ナノハは少し照れたようにはにかんだ。

リドは懐に手を伸ばし、あるものを渡そうとしたのだが、ナノハの視線が不意にリドとは別の方へと向く。

「ナノハ？」

「あ、ああいえ。何でもありません。さあ、リド様も座ってください」

何かに気づいた様子のナノハが気にはなったものの、リドは促されるままに腰を下ろす。

「……」

静かで落ち着いた場所だった。

そのまま二人で月を映した池を眺めていると、虫の鳴く心地良い音が聞こえてくる。

いい場所だなとリドが感じていたところ、ナノハから声がかかった。

「リド様、本当にありがとうございます」

唐突にそんなことを言われ、リドは思わず聞き返す。

「それって、ムギの花冠のこと？」

「それもありますが、リド様にはいつもお世話になっているなと。だから感謝の気持ちをお伝えしたくて」

言って、ナノハはリドに向けて穏やかに微笑む。

その表情はどこか印象的で、目に焼き付くような笑顔だった。

「それでですね、リド様にお見せしたいものがあるんです」

「僕に見せたいもの？」

「ええ。たぶんそろそろかと」

ナノハが池の方へと視線を向け、リドも自然とそちらを見やる。

すると――。

「これは……」

目の前に広がった光景にリドは息を呑む。

月を映した水面に群がるようにして、青白い光が宙を漂っていたのだ。

よく見ると、それは光を放つ虫によって生じている現象のようだった。

「す、凄い……」

「綺麗でしょう？　『月光虫』という虫によって起こるのですが、満月の夜にしか見られなくて。以前リドさんたちをご案内した稲穂の海も素敵ですが、私、この景色も好きなんです」

「うん。とてもよくわかるよ。さっきまでの池も月が浮かんでいて綺麗だなと思ったけど、こんな景色が見られるなんて思わなかったな。ラストアでもこういうのは見たことないや」

「今日が満月の日で良かったです。リド様にこの景色をお見せすることができましたから」

青白い光が池の水に反射し、リドたちの目の前に幻想的な光景を映し出している。

まるでその身に溜め込んだ月光を放っているようだと、リドは漂う月光虫の群れを眺めながら溜息を漏らした。

――きっとこれは忘れられない光景になるだろう。

リドの胸中は、そんな感動に満たされていた。

「ナノハ、ありがとう。こんなに凄い景色を見せてくれて」

「どういたしまして、ですよ。先程もお伝えしましたが、リド様にお礼を言いたいのは私の方ですから」

「何だか、さっきから二人ともお礼を言い合ってばっかりだね」

「ふふ、本当ですね」

互いに笑い合い、幻想的な光景の中で二人の逢瀬は続く。

そうして少し時間が経った頃――。

リドが先程渡しそびれたものを取り出し、ナノハの前に差し出した。

「リド様、これは……？」

リドが持っていたのは、翡翠色の石を紐で結った首飾りだった。

翡翠の色に月光虫の青白い光が映り込み、淡く、しかしとても力強く輝いていた。

「ナノハ、誕生日なんでしょ？　ちょっと不格好かもしれないけど、僕もナノハに贈り物がしたいなって」

「え……。ということはこれ、リド様の手作りですか？」

「うん。あ、でも、みんなも手伝ってくれたんだ。だから僕のというより、みんなからナノハへの贈り物だね」

「あ、ありがとうございます。とても……、とても嬉しいです」

リドから首飾りを受け取り、ナノハはきゅっと拳を握る。

――ああ、この日は忘れられない日になるなと。

そんな想いごと、抱きかかえるようにして――。

「リド様、先に戻っていてくださいますか？」

リドが首飾りを渡した後で、ナノハが凛とした声で言った。

「え？　もう夜も遅いけど」

「少ししたら私も戻ります。今はもうちょっとだけ、余韻に浸りたくて」

「そっか。うん、わかった。おやすみナノハ」

「はい。おやすみなさい、リド様」

互いに一日の終わりの言葉を交わし、リドは里の方へと戻っていく。

ナノハは先程受け取った首飾りを握りしめ、去っていくリドの背中を見つめていた。

「さて、と――」

リドの背中が見えなくなった後で、ナノハは独り呟く。

そして、近くにあった草むらの方へと向いて声をかけた。

「皆さん、そろそろ出てきたらいかがですか？」

「「「……いっ!?」」」

草むらの方から素っ頓狂な声が上がった。

ナノハがそちらに近づくと、そこに隠れていた者たちが観念したかのように姿を現す。

ミリィ、エレナ、シルキーの、二人と一匹だった。

「す、すみません、ナノハさん！　シルちゃんが面白そうだから後を尾けろって言うもので」

「そ、そうですわ。決してやましい気持ちがあったわけでは……」

「おいおい、吾輩のせいかよ。お前らだって途中からノリノリだったじゃないか」

それぞれが弁明を始めて、ナノハは溜息をつく。

どうやらミリィたちはずっと草むらに隠れて、リドとナノハのやり取りを見ていたらしい。

問い詰めると、ムギから話を聞きつけてここへやって来たことを白状した。

「もう、ダメじゃないですか。こんな覗き見のような真似をして」

「すみませんでした……。さっきムギちゃんと会ったらナノハさんが愛の告白とかするかもって言っていたもので気になって……」

ミリィが馬鹿正直に言った言葉を受けて、ナノハはぴくりと反応し表情を崩す。

しかしすぐに元の表情に戻って、溜息を漏らした。

「はぁ……。確かにリド様はその、とても素敵な方だとは思います。ですが――」

おや、と。

恋慕の情とは違うということだろうかと、皆が言葉の続きを待つ。

そして――。

「ですが、そんな抜けがけみたいなことはしませんよ?」

「「「……」」」

ナノハの言葉を聞いた二人と一匹は目を見開き、そして思考を巡らせる。

一体何についての「抜けがけ」なのか。ミリィとエレナはナノハの真意が心底気になったが、静かに笑みを浮かべる獣人の姫に対して逆に恐怖を感じて沈黙するしかない。

二人が乾いた笑みを浮かべる一方で、シルキーが空気を読まずに声を上げた。

「ん？　ナノハのお姫さんよ、それって……」

「ふふ、内緒です」

ナノハは悪戯っぽく人差し指を立て、二人と一匹に微笑みかける。

それは強烈な反撃で、ミリィたちは再び黙りこくることになった。

「まあ、それはそれとして。皆さん、素敵な贈り物をありがとうございました。本当に、嬉しかったです」

律儀なナノハは切り替えて礼を言ったが、ミリィとエレナはその言葉に上手く反応することができない。

そして、ただただ首を縦に振るばかりだった。

八章　リドの提案

「そういえばナノハ。ちょっと聞きたいことがあるんだけど」

それはある日の昼食時のことだ。

リドが尋ねると、ナノハは獣耳をぴくりと動かして反応した。

「はい、何でしょうか？」

「この里って外と連絡を取る方法とかあるの？」

「外との連絡、ですか」

「うん。ラクシャーナ王に黒水晶を無事回収できたことを伝えておいた方が良いかなと。一応ラストアを出る時に状況は手紙で知らせたんだけど、《ユーリカの里》に来てからのことはまだ報告できていないしね」

「ああ、なるほど」

リドの言葉を聞いたナノハは納得したように頷く。

そして昼食を食べ終わり蝶を追いかけていたムギに声をかけた。

「ムギ、ちょっと来てくれますか」

「はい姫さま、なんでしょか！」

呼ばれたムギはパタパタと駆けてきて、座っていたナノハの膝上にちょこんと乗っかる。

可愛らしいその仕草に、特にミリィとエレナが笑顔になった。

「ええと、ムギと何か関係が？」

「はい。ムギはこう見えて動物と意思疎通を図れるスキルを持っていまして。ムギに頼めば里の外にも連絡が取れると思いますよ」

「むっふっふー。そういうことですね姫さま。きっと今ならおはなしできると思うです」

ムギは得意げな笑みを浮かべた後、鮮やかな指笛を鳴らした。

その音は甲高く響き渡り、ムギはきょろきょろと辺りを見渡す。

すると、羽を広げながら飛んでくる鳥がいた。

「お、来た来たです」

ムギは自信満々に片腕を横に上げる。

そして飛来した鳥がその腕に着地……するかと思われたが、直前で羽ばたくとムギの頭の上に乗っかった。

「ち、ちょっとシラユキ！　そっちじゃないですよ！　せっかく腕を出したんだからそっちに乗っかってほしいです！」

「ピュイ？」

「まったく。カッコよく決めようと思いましたですが」

「ピィ！」

ムギがシラユキと呼んだその鳥は、小首を傾げながら可愛らしく鳴いていた。

見るに、白い鷹のようだ。雪のように白い体毛が美しく、今は凛々しい顔をリドたちに向けている。

「えっと……。ムギ、その鳥は？」

「はい、ムギの友達でシラユキといいますです。さっきみたいに呼べばたいていはすぐ来てくれるです！　ほらシラユキ、ご挨拶するですよ」

ムギの言葉を受けて、シラユキが大きく羽を広げる。

そのままパタパタと羽を揺らすと、またムギの頭の上に鎮座した。

「あはは。今のが挨拶かな。はじめまして、シラユキ」

シラユキを頭に乗せたまま、腕組みしながら得意げになるムギ。

一方でシラユキはまた高い声で鳴いており、何とも可愛らしい構図にミリィやエレナは目を輝かせていた。

「なるほどな。このシラユキに頼めば里の外にも手紙を出したりできるってわけだ」

「そーゆーことです猫ちゃん。しかもちょーはえー『とっきゅーびん』です。ムギととってもなかよしな鳥さんなんです」

「しかしよ、それなら何でこの前の時シラユキに頼まなかったんだ？　シラユキに飛んでもらって、ラストアとかに手紙を届けりゃ良かったんじゃねえか？」

「うぅ……。それはぁ……」

ムギがもじもじとしながら俯いてしまったので、ナノハが代わりに後を引き継ぐ。

「土喰みの影響があった時はムギも倒れていまして。スキルがうまく発動できない状態だったんです。

シラユキとは普通の状態でも仲が良いのですが、具体的な意思の疎通まで図るとなるとスキルの力が必要でして」

「ああ、だからさっきムギは、今なら話せるって言ってたんだ」

「そーゆーことです。ムギがもっとお役に立てていれば、姫さまにも無茶をさせずにすみましたのに、めんぼくねーです」

「お、落ち込むことないですよ、ムギちゃん」

「そ、そうですわ。ムギさんが気にすることじゃないですわ」

しゅんとした姿に庇護欲をそそられたのか、ミリィとエレナが慌ててムギを慰めていた。

「でも、今ならちゃんと意思疎通ができるはずですから。ラクシャーナ王にお手紙を出すこともできるはずですよ」

ナノハが言って、ムギの頭に乗ったままのシラユキがまた「ピュイ」と可愛らしい声で鳴いていた。

それからリドは王都にいるであろうラクシャーナとバルガス宛に、そしてラストアにいるラナ宛に手紙をしたため、ムギに渡した。

「それじゃシラユキ。さっき伝えた場所におねがいするですよ」

「ピュイピュイ！」

ムギが足に手紙を巻きつけると、シラユキは大空へと羽ばたいていった。

「よし、これでお手紙が届くはずですです！」

「おお、速いね。もうあんなところまで」

「リドさんの《ソロモンの絨毯》と良い勝負かもしれませんね」

「むふー。シラユキはちょーぜつはえーですからね。ムギもあんな風にお空を飛んでみてーですが、さすがにムギが乗っかったらシラユキがつぶれちゃうんでできねーです」

シラユキを見送りながらパタパタと尻尾を振るムギ。その姿を見ながらリドとミリィはこっそり耳打ちする。

(今度ムギちゃんをソロモンの絨毯に乗せてあげたら喜ぶかもしれませんね)

(だね。機会を見て乗せてあげようか」

空飛ぶ絨毯の上で楽しげに叫ぶムギの姿を想像して、二人は自然と笑顔になっていた。

既に見えなくなったシラユキの飛んでいった方角を見やり、リドはウツギに話しかける。

「それにしても、ムギとシラユキがいるなら、なおさら外の人との交流も捗りそうですね」

「うむ。リド殿が前に提案してくれた行商や交易の件についても、これなら問題なく進められることだろう」

「となると、そろそろ里の外のことに着手した方が良いかもしれませんね」

リドの言葉にウツギが頷く。

先日からの成果もあり、《ユーリカの里》の設備はかなり充実してきたと言っていいだろう。

もっとも、ここまでの短期間で整備が進んだのはリドの知見や仲間たちの持つスキルに起因するのだが。

「でも、里の外とのことに着手すると言っても、具体的にどのようなことから進めるべきなのでしょうか？　近隣の村々と交易などを始めるにせよ、どんな風に進めていけば良いのか……」

「ふっふっふ。ナノハのお姫さんよ。まずは今知っている場所から攻め入ればいいいさ」

「え？」

「いやシルキー、別に攻めるわけじゃないから」

また独特な言い回しで困惑させたシルキーを肩に乗せ、リドは宥めるように撫でる。

困惑した様子のナノハに、ウツギが代わって説明をすることになった。

「リド殿と昨日浴場で話をしてな。まずは今交流のある村との関係を活かすべきだろうという話になったのだ」

「なるほど。ということはお父様、ラストアとの？」

「うむ。これまでラストアとは簡単な物々交換を行うに留まっていたが、本格的な交易を行うのも良いだろうとな」

「僕たちも《ユーリカの里》の良さは色々と知れたからね。コメの料理や温泉とか、この里にしかないものもあるし、そういうものを名産品にするのも良いと思うんだ」

「ラストアでもワイバーンの兜焼きなんかが名産品になったしなぁ。あれでコメを食ったらさぞかし旨そうだぞ」

「もう。シルキーってば食べ物のことばっかり」

「腹が減っては戦ができぬというしな」

「だから戦うわけじゃないんだけど……」

やれやれとリドは溜息をつく。

何にせよ、ラストアとの関わりをきっかけに、対外的な交流の事例を学ぶというのは合理的な判断だろう。

「あ、もしかしてリド様が先程ラストアにもお手紙を出されていたのは……」

「うん。ミリィのお姉さん宛にね。ラストアの人たちも事情を察してくれるだろうし、きっと協力してくれると思うよ」

「あ、ありがとうございます、リド様」

「我ら獣人たちからしてみれば願ってもない話。ぜひ力をお借りしたい」

「ええ、もちろんです」

そうしてリドたちは頷き合い、《ユーリカの里》の改革計画を次の段階へと進めることにした。

★★★

「さて、それじゃシラユキが戻ってくるまでの間にできることをしておかないとね」

リドは呟き、《ユーリカの里》をぐるりと見回した。改革も順調に進んでおり、今や《ユーリカの里》は初めてリドたちが訪れた時と比べて見違えるようになっている。

わかりやすいのが施設の拡充だ。

リドたちも毎日利用している温泉の浴場に、水車小屋や漁獲用のヤナ場の設置、等々。

それらは獣人族の暮らしにも大きすぎる影響を与え、果樹園や水田周りの整備などもあって里の生産環境も向上していた。ここに稲の収穫なども加われば、他の村々との交易を行っていくに十分な環境が整ってきたと言えよう。

「そうなると、次はアレかな」

リドは顎に手を当てて里の入り口の方を見やる。

先程シラユキにお願いしたように、今後は外との連絡を取る機会も増えるだろう。交易面でも発展していくと見込まれるが、そうなると一つ準備しなくてはならないものがあった。

「リド様が前に仰っていた、『道』の確保ですね」

隣にいたナノハがその答えを口にして、リドは頷いた。

「そうだね。他の村なんかと交易や行商を行っていくにせよ、それを行うための経路が必要になる。道がないと人もモノも行き来できないからね」

「確かにそうですね。ただでさえこの里は《カナデラ大森林》に囲まれたわかりにくい場所にありますから。ちゃんとした道を整備する必要がありますね」

と、ムギがリドとナノハの会話を聞きながら獣耳をピクピクと反応させる。

ミリィとエレナに手を繋がれたまま、円らな瞳でリドを見上げてきた。

「でもリドのおにーさん。道をつくると言ってもどーするんです？　……はっ！　も、もしかして里の周りの森を丸裸にしちゃったりするです!?」

「ハハ……。さすがにそんな物騒なことはしないかな。ミリィのスキルで木々を変形してもらえば道の整備はできるだろうし」

「ほっ……。それなら良かったです」

ムギが心底ほっとした表情で息を漏らしていて、リドたちは苦笑する。

コロコロと変わる表情が可愛らしく、手を繋いでいたミリィやエレナは抱きしめたくなるのをぐっと堪えていた。

「でも、確かに《カナデラ大森林》の入り組んだ地形は厄介だよね。来る途中も魔物を何匹か見かけたし、それなりに安全な経路を確保しないと」

「ぎょーしょーにんさんとかが、たくさんの魔物に襲われたりしたらやっべーです」

「馬車を走らせている時に沢などに転落したら大変ですしね」

「うん。だから、《カナデラ大森林》の地形を把握することが重要なんだけど……」

そう言ってリドは顎に手を当てて考え込む。

地形の把握と一言に言っても大仕事である。

「鼻の利くシルキーさんが各所を歩いてみては?」なんていう意見がエレナから出たが、「あんな鬱蒼とした森の中を歩き回るなんてご免だ。そもそも何日かかるんだよそれ」とシルキーが激しく抗議したため別の策を考えることとなった。

どうすれば《カナデラ大森林》の地形を効率よく把握できるかについてリドは考えていたが、その解決策は割とすんなり見つかった。

「そっか。簡単にできる方法があった」

リドが言って空を見上げると、一緒に歩いていた皆も揃って視線を上に移した。

★
★★

「おおー！　すっげーふしぎです！　フワフワ浮いてるです！」

リドが空飛ぶ神器――《ソロモンの絨毯》を召喚すると、ムギが大興奮の様子で声を上げる。

ムギは恐る恐るといった感じで《ソロモンの絨毯》をちょんちょん触ると、その独特な感触にまた歓声を上げていた。

「これは……。あの古代遺跡で私とリド様が落ちた時に喚び出されていた神器ですね。確かにこれを使えば空から《カナデラ大森林》の地形を把握できそうです」

「そういうことだね。それじゃ早速、乗る人を決め――」

「よし相棒、後は任せたぞ。吾輩は風呂入ってくる」

「おほほほほ！　もちろん私も無理ですわ！　申し訳ありませんが師匠たちに任せて、私は魔物の討伐にでも行ってこようかなと思いますわ！」

「まあ、そうなるよね……」

高所が苦手なシルキーとエレナが早々に音を上げて、リドは苦笑しながら頬を掻く。

対照的に目を輝かせたのはミリィで、ナノハも興味津々といった様子だ。

そして何より――。

案の定の反応を見せたムギは、もの凄いスピードで尻尾を振っていた。

「はいはいっ！　ムギも乗せてほしーです！　一度でいいからシラユキみてーにお空を飛んでみたかったです！」

「おおーーっ！　このじゅーたん、すっげーです！　ムギは今お空を飛んでるです！」

《ソロモンの絨毯》に乗ったムギが歓喜の声を上げている。

こんなに喜んでもらえるとこっちまで嬉しくなってくるなと、リドは微笑ましくムギの姿を眺めていた。

「こらムギ。あんまりはしゃぐと落っこちちゃいますよ？」

「ふふん。姫さまもそー言いつつ、さっきから尻尾フリフリしてますです」

「そ、それは……」

「きしし」

ナノハが恥ずかしそうに顔を逸らして、ムギは満足そうに笑う。

どうやら二人とも初めての空からの景色にご満悦の様子だ。

「ふふ。何だかとっても微笑ましいですね」

ミリィの言葉にリドもその通りだなと頷く。

この日は天気も良く、気持ちの良い風を感じながら一行は《カナデラ大森林》の上空を旋回していた。地形の調査をする前の、リドなりのサービスというやつだ。

「ふー。今度シラユキともいっしょにお空を飛んでみてーです」

「ははは。そうだね。シラユキが戻ってきたらまた乗せてあげるよ」

「やったーです！　どっちがはえーか競争してみるです！」

そうやって一通りの空の旅を終え、リドは地形の調査に入ることにする。

まずは深い谷になっていたりと危険そうな場所の把握だ。

リドはあらかじめ持参していた羊皮紙に《カナデラ大森林》の地形を写し、各所の特徴を書き込んでいく。

「さ、さすがに空から観察すると早いですね。リド様の作成した地図、とてもわかりやすいです。《ソロモンの絨毯》を使えば大陸中の地図だって作れてしまえそうですね」

「そうかもね。上昇できる高度に限りがあるからループ山脈みたいな山の上は無理だろうけど、ある程度は見て回れるかも」

「……」

「どうしたの、ナノハ？」

「い、いえ。改めてリド様は凄いなと」

ナノハの言葉にミリィも賛同していた。

本来地図の作成というのはこの時代においてかなりの労力を要するものだ。

専門の測量術を持った学者が地上の至る所を練り歩き、そうしてやっと限られた範囲の地図が出来上がるのだが……。

そういうことを知っていたナノハは尊敬の眼差しでリドを見つめている。

リドの持つスキルは、このようなところでも常識を壊してしまう成果を上げていた。

「さて、これであらかたわかりやすい場所は確認できたかな。それじゃミリィ、お願いね」

「はい、リドさん」

ミリィはリドの言葉に頷き、少しだけ《ソロモンの絨毯》の端の方へと移動した。

上空から各所を見て回れるとはいえ、《カナデラ大森林》には巨大な木々が群生している。

つまり細かい箇所までは確認が難しいのだが、それもミリィのスキル【植物王の加護】を使えば解決できた。

「あそこの樹を、こうして……」

ミリィのスキルは視界にある植物であれば操作が可能である。そのため木々を少しだけ変形させれば、死角となっている箇所も確認することができるというわけだ。

リドがミリィに適宜指示をしながら、用意した羊皮紙に《カナデラ大森林》の広大な地形を書き込んでいく。

現地に詳しいナノハやムギにも聞きながら解説を記し、今後の他の村々との交易を見据えて道となりそうな経路も書き込んで――。

そうやってしばらく経った頃だろうか。

「およ？」

絨毯の後ろの方で空からの景色を楽しんでいたムギが目を細める。

「姫さま姫さま。あれ何です？」

ムギが指差した方にはぽっかりと空いたほら穴があった。

それは天然にできた洞窟のようだったが、ムギに声をかけられたナノハには心当たりがなかった。

「妙ですね。あそこには洞窟などなかったはずですが」

ナノハが言って、リドたちはその場所に降りてみることにした。

もし洞窟が魔物の住処などになっていたらそれも確認しておかないといけないと、そういった理由からである。

「おー。けっこうでっけー穴です」

地上に降りた後、ムギが上の方を見上げながら声を漏らす。

その入り口はなかなかに大きく、リドたちが並んで入ることもできそうな洞窟だった。

辺りにはゴツゴツとした岩が転がっている。

「やっぱり妙ですね。この場所は私も何度か通った覚えがありますが、こんなに大きな洞窟なら記憶に残っていてもいいはずです」

「うーん。ナノハさんが知らないってなると、最近になってできたものなのでしょうか？」

「そうですね……。あ、ムギならわかるかもしれません」

ナノハは洞窟の入り口付近で石を弄っていたムギを呼び寄せる。

そしてナノハの指示を受けていたムギが「らじゃーです姫さま！」と元気よく応じ、近くにあった樹へと走り出した。

「ふんふん。なるほどなるほど」

ムギは樹によじ登ると、何事かを呟き頷いている。

そうしてすぐに樹から降りてリドたちのもとへと駆けてきた。

「わかったです！　あそこにいるリスさんたちに聞いてきたです！」

「おおー、なるほど。ムギちゃんなら動物さんとお話できるんですもんね」

「ふふん、そーゆーことです」

「それで、ムギ。どういうことがわかったんですか？」

「それがですね、この前ここにカミナリがどっかーん！　と落ちたらしくて。それでできたどーくつらしいです！」

「雷ですか……。なるほど」

ムギの話を聞いたリドたちは洞窟の方を見やる。入り口の近くに岩がいくつか転がっているのはそういう理由かと、腑に落ちた一行は再び向き合った。

「どうしましょうか、リドさん」

「一応調べてみた方が良いかな。魔物の巣になっていたら危険だし、どこかに繋がっているかもしれないしね」

「そうですね。リド様の言う通り、入ってみましょう」

互いに頷き合い、リドたちは洞窟内の調査を行うことにした。


「それじゃ《スワロフの羽》を召喚して、と」

リドが光を放つ神器、《スワロフの羽》を喚び出すと、ムギが「おおー」と興味津々な様子で尻尾を振る。

「すっげーです！　ぴかぴかです！」

「リドさんのこの神器、古代遺跡の時にも見ましたけどほんとに明るいですよね。これなら洞窟内の探索もしやすそうです」

空の旅から洞窟探検へと。

立て続けに起きている出来事にムギは大満足な様子だ。上機嫌で鼻歌を歌う天真爛漫な姿に皆が笑みを浮かべていた。

「魔物がいる様子は……、どうやらなさそうだね。ムギが動物たちに聞いた話でも魔物は見ていないってことだったから、大丈夫そうかな」

《スワロフの羽》を片手に、大錫杖をもう一方の手に握りながら歩いていたリドは周囲を見回しながら呟く。

魔物がいるなら洞窟内に足跡や食べ終えた動物の骨などがあっても良さそうなものだが、幸いにもそれらの痕跡は発見できなかった。

この分なら《アロンの杖》の出番はなくて済むなと、リドは安堵しながらもう少し先へと進むことにする。

「それにしても、かなり広い洞窟ですねー。こうやってみんなで並んでいても平気で歩けるくらいですし」

「ムギの話によると、この洞窟はそれなりに深くまで通じているようですね。なんでも、奥の方には珍しいものがあるということらしいですが」

「珍しいものって何なんでしょうね？」

「リスさんたちの話では、キラキラだって言ってましたですよ」

「キラキラ、ですか……」

ムギの言葉にリドたちは顔を見合わせる。

一体何があるんだろうかと、疑問符を浮かべながら歩くこと少々。

洞窟の最奥部に到着したリドたちの前に、その光景が広がった。

「こ、これがキラキラ？」

リドが思わず声を漏らし、ミリィやナノハも息を呑む。

水晶のように尖った石が至る所にあり、どれもが眩い光を放っていたのだ。

「おおー、これがキラキラですか！　すっげーきれーです！」

ムギの言った通り、そこにあったのはとても幻想的な空間だった。

洞窟の地面や壁面から伸びている石はまるで宝石のようで、青や緑、赤や黄など、様々な色の光を湛えている。

それらはまさしく、虹色に煌めく鉱石だった。

「す、凄く綺麗な石ですね」

「鉱石の一種なのでしょうか？　これほどまでに輝く石は見たことがありませんが」

「これ……。もしかして『虹色鉱床』ってやつかも」

石の傍に膝をついて観察していたリドがふと呟く。

「リド様、虹色鉱床とは？」

「前に本で読んだことがあるんだけどね。その名の通り虹色に輝く水晶が採れる鉱床のことなんだ。何でも、大昔に存在した鉱床らしいんだけど……」

「もしかして、かなり珍しいものなのでしょうか？」

「うん。何でも昔のとある王様が、この鉱床があるからって理由でそこに国を造ったとか書いてあったね」

「そ、それは凄いですね」

「でも、現代では滅多に見ることができない鉱床だって本にはあったし、しかも、これだけ大規模なものとなると……」

「歴史的な発見かもしれませんね……」

煌めく虹色鉱床を見ながらその光景に圧倒されるリドとナノハ、ミリィ。

その一方で、無邪気に喜ぶムギがぱたぱたと尻尾を振っていた。


「ふむ。それで、洞窟の奥に光り輝く鉱床があったと」

「はい。魔物とも遭遇しませんでしたし、比較的安全な場所と考えて良いのかなと」

里に戻ってすぐ。

《カナデラ大森林》と洞窟の調査を終えたリドたちは、事の顛末について族長のウツギに報告していた。

「虹色鉱床の噂は我も聞いたことがあるが、とても希少なのだとか。まさかそんなものを発見してこようとはな」

「ふっふん。ムギたち、ちょーおてがらです！」

「ハッハッハ。そうだな、よく頑張ったな」

自慢げに言ったムギの頭に手を置き、ウツギはわしゃわしゃと撫でる。

「それで、ウツギさん。その虹色鉱床なんですが」

「うむ。発見したはいいが、どうすべきかだな」

「虹色鉱床から採れる鉱石は加工性が高く、観賞用としても価値が高いと文献にはありました。採掘権などの問題はブルメリアの王様とも相談する必要があると思いますが」

「であれば、採掘の条件が整うまでは放置しておくしかないか……」

「それなんですが、僕に案がありまして」

「案？」

「はい。採掘するのはまだ先になるとしても、見る分には良いんじゃないかなと」

「……なるほど」

ウツギはリドの言わんとしていることを察し、ニヤリと口の端を上げる。

「つまり、里を訪れた者が見れるように、ということだな」

「ええ。とても綺麗な場所でしたし、魔物が住み着いている様子もありません。この分なら《ユーリカの里》を訪れた人には観光名所になると思うんです」

「それは我も良い案だと思う。リド殿が作成してくれたこの地図もあるし、里の外の環境も充実させられるだろう」

ウツギは言って、リドが《ソロモンの絨毯》を使って作成した地図に目を落とした。

「……」

ウツギは地図を見ながら何事かを考え込むようにして、それからリドの方へと視線を向ける。

「ところでリド殿、一つお願いがあるのだが」

「はい、何でしょうか？」

「その、だな……。リド殿が扱うという空を飛ぶ絨毯。それに我も一度乗せてはもらえぬかと思ってな……」

「あ、ああ」

ウツギは少し歯切れ悪くなりながらも言った。獣人族の長とはいえ、空を飛ぶという興味には抗えないようだ。

それを聞いたナノハとムギは、気持ちはとてもよくわかると声を上げて笑っていた。

★
★
★

「リドのおにーさん！　シラユキが戻ってきたですよ！」

リドがラストアやラクシャーナ王らのもとへと手紙を送ってから数日。

いよいよ収穫を間近に控えた稲穂の海が見える丘で昼食をとっていたリドたちのところへ、ムギが走りながらやって来た。

見ると手紙を届けてくれたシラユキも一緒で、ひと仕事終えたと言わんばかりにムギの頭の上に鎮座している。

「ありがとうムギ。シラユキも、お疲れ様」

「ピィー！」

「えへへ、です。あ、そういえばシラユキの足にこれが巻き付けてありましたですよ」

「ん？　これは？」

ムギが差し出してきたのは二枚の紙だった。

リドがそれを受け取り広げると、近くにいたいつもの面々が覗き込んでくる。

「どうやら手紙のようですね、リド様」

「そうだね。ラナさん、それからラクシャーナ王とバルガス公爵から僕たちに宛てた手紙だ」

「読んでみてくれよ、相棒」

「うん。ええと――」

リドはそこに書かれていた内容を皆に伝えていく。

黒水晶を無事回収できたことを喜ぶ内容。そして獣人族が回復したことに安堵する内容が両者の手紙に記載されていた。

「それと、ラナさんからの手紙には、前にこっちから送った内容について触れてあるね。カナン村長や他の人たちにも伝えたら、みんな協力してくれるって。……あ、ラクシャーナ王とバルガス公爵もぜひ協力させてほしいって書いてある」

ナノハやウツギ、それに周りにいた獣人たちも嬉しそうに顔を見合わせる。

今となっては特別な地として認定されたラストアや、ヴァレンス王国の王家や貴族からの協力が受けられるということだ。

いよいよこの《ユーリカの里》の対外的な施策についても本格的に進められそうだと、歓喜の声が広がっていく。

「これなら態勢も万全ですね。エレナさんのお父さん、バルガス公爵が統治するファルスの町も応援してくれるって書いてありますし」

「ふふ。流石はお父様ですわね。こういう動きに躊躇がないですわ」

「よしよし。順調だな、相棒」

ブンブンと尻尾を振るシルキーをそっと撫でて、しかしリドは思案する。

考えていたのは、次に何をするかだ。

外部の協力者を得ることには成功したが、具体的なことはまだ何も決まってはいない。

《ユーリカの里》の改革を進める上で何が最善なのか。

リドはその点について思考を巡らせていた。

(行商や交易はたぶん……問題ない。ラストアやファルスの町とも連携が取れるわけだし。気になるところがあるとすればヴァレンス王国側の道の確保だけど、それもたぶんあの方法でいけばうまくいくはず。あとは……)

熟考し、そしてリドはある策を思いついた。

この《ユーリカの里》の魅力。それを対外的に発信する策を。

「リド様、どうされましたか?」

「うん。ちょっと考えてみたことがあるんだけどね――」

リドはそう前置きして、思いついた策について皆に話すことにした。

★★★

「よし、着いた」

《ユーリカの里》を離れ、ループ山脈の山道を歩くこと少しして。

リドはミリィと二人で深い渓谷のある地点へとやって来ていた。

「ここって、ラストアから《ユーリカの里》に向かう途中にあった渓谷ですよね。凄い風の強さです」

谷底から吹き上げる風に飛ばされないよう、ミリィは必死で帽子を押さえている。

それだけ強風に晒されている地帯だからだろうか。

リドたちの視界には風化し剥き出しになった岩肌が映るばかりで、何とも殺風景な場所だった。

そんな場所にもかかわらずリドがやって来たのは、ここに「道」を作るためである。

「そういえば前にここを通った時、ナノハさんが言っていましたね。この崖を迂回せず進むことができれば《ユーリカの里》への道のりがかなり短縮されるだろうって」

「今後の交易のことなんかも考えると、やっぱりここに道を作っておいた方が良いと思うんだよね。ラストアやヴァレンス王国方面と《ユーリカの里》を行き来するのに毎回迂回していたら不便だろうし」

「確かにそうですね。ここに橋があれば凄く便利そうですし」

「うん。だからミリィにスキルを使ってもらおうかなって」

リドの言葉に頷きつつ、ミリィが周囲をきょろきょろと見渡す。

「あれ？　でもリドさん。見たところ、ここには樹が生えていませんよ。植物さえあれば変形させて橋を架けられると思いますけど、これだとどうしようもないんじゃ」

「そんなことないよ。ほら、こうすれば」

「……っ！」

途端、ミリィの体温が急上昇する。

理由は単純。

リドに突然手を握られたためである。

（ええ!? り、リドさんが手を握って……。ええ!?）

不意打ちを受けてミリィが激しく狼狽する。

まともな思考は停止し、もしかしたらこのまま抱きしめられでもするんだろうかという願望混じりの考えがミリィの頭には浮かんだが、もちろんそうではなかった。

「この前遺跡の地下でやったよね。こうやって僕の魔力を共有すれば、植物がなくても召喚できるから」

「あ、あぁああ！　な、なるほどです！　すっごく……、なるほどです！」

「……？」

ミリィがわたわたと慌てふためく。

いつもこういう時にはシルキーがからかってくるのだが、「あんな高い所で何かするなんて吾輩は絶対に嫌だ。お前らだけで行ってこい」とゴネて里で待機している。

それがミリィにとっては幸いといえば幸いだっただろうか。

（り、り、リドさんってばいきなりすぎます！　はっ！　というかよく考えてみれば今はリドさんと

二人きり……！　ちょっとこれは、刺激的すぎます！　いやいや、今はスキルを使うために集中しないと。でも、役得といえば役得でしょうか。……あぁあああ、私ってばまたなんて考えを。女神様、お許しくださいぃ……）

ミリィは高速で興奮と懺悔とを繰り返し、勝手に狼狽えている。

そうして何度かの失敗の後、ミリィはリドの力を借りて橋を架けることができたのだった。

★
★
★

「あ、リド様」

リドが里に戻ると、果樹園の所でナノハと出くわした。どうやら果物の収穫を手伝っていたらしい。

ナノハは籠いっぱいに色とりどりの果物を積んでおり、それらを抱えたままリドの方へと駆け寄ってきた。

「ただいま、ナノハ」

「おかえりなさいリド様。橋の設置はいかがでしたか？」

「うまくいったよ。これでヴァレンス王国方面の道は確保できたかな」

「おお、それは何よりですね。ところでその……、ミリィ様は何があったのですか？」

ナノハは橋の完成を喜びつつも、リドの後ろにいたミリィが気になった。

ミリィはぶつぶつと独り言を呟いており、目の焦点が合っていない。

おまけに祈りを捧げるような格好で、何やら懺悔のような言葉を口にしていた。

事情を知らないナノハからすれば意味不明である。

「うん……。今はそっとしておいてあげて」

「わ、わかりました。何はともあれ、お疲れ様でした」

リドはナノハの代わりに果物の入った籠を持ってやり、村の外れの方へと歩いていく。

そうしてしばらく歩き、最近ではリドたちお気に入りの昼食スポットと化している、稲穂の海が見える丘に到着した。

「ナノハ、もうすぐかな?」

「ええ、もうすぐですね」

言い合って、リドとナノハは二人で笑い合う。

以前ナノハがリドたちに話したことだが、この《ユーリカの里》には稲を刈り取る際に収穫祭なるものを行うという風習があった。

土喰みを倒したことで《ユーリカの里》は豊穣の大地を取り戻し、このままいけば今年もその収穫祭を行うことができるだろう。

その話を覚えていたリドは昨日、皆にあることを提案していた。

それは、《ユーリカの里》で行う収穫祭に里の外から人を招くというものである。

ラストア村の住人たちはもちろんのこと、ラクシャーナやバルガス、その他各地に住まう人々など。

大自然に囲まれ、今では改革が進んでいる《ユーリカの里》の良さを知ってもらうには何が一番良いか。

これから親交を深めていくに当たって何かきっかけとできることはないかと。

リドは収穫祭がその機会になると思った。

古来より、祭事は外交としての意味合いも大きいとされている。そのことをよく知っていたリドは、収穫祭を機に縁《ゆかり》のある者たちを里に招致しようと考えたのだ。

結果、リドの提案は皆が賛同するに至っていた。

「この分なら収穫祭も盛り上がりそうだね」

「ええ。リド様とミリィ様が橋を設置してくださったおかげで、里への道も整備されましたし。今から待ち遠しいですね」

風に揺れる稲穂を見ながら、リドはまもなく開かれる収穫祭へと思いを馳せる。

きっとこれが、《ユーリカの里》の素晴らしさを広める、その機会になると感じながら――。

幕間　温泉に耳あり

「よっしゃ、相棒。今日も温泉行こうぜ、温泉」

「ははは、シルキーもすっかり馴染んじゃったね」

その日の作業を一通り終えた頃。

リドはシルキーと連れ添って温泉浴場へと向かう。

夜空を見上げると月が浮かんでおり、爽やかな夜風が吹いている。

何とも気持ちの良い夜だなとリドは感じながら、浴場へと進んでいった。


「しかしまあ、数ヶ月前に左遷されて王都を離れたのが嘘みたいだよな」

シルキーが湯船に浮かびながらそんなことを言った。

いつもはフサフサの毛が今はお湯に揺られてぶわりと広がっている。

普通、猫は水に濡れるのを嫌うことが多いらしいが、シルキーに至ってはむしろ楽しんでいる節すらあった。

「どうしたのさ、急に」

「んー。いや、良かったなと思ってな」

「良かった？」

「ほら、リドがグリアムのジジイの所にやって来た頃はけっこう暗い性格してただろ？　そっからあのジジイの影響を受けたんだろうが、だんだん前を向くようになって、必死で勉強や鍛錬も重ねて。やっと神官として芽が出てきたと思った矢先にあの左遷事件だったからな。また落ち込むんじゃないかと心配したもんだったが」

「ああ……」

リドは露天の風呂から空を見上げ声を漏らす。

今でこそリドは神官らしい知見と敬虔さを持つ人物だと評されることが多いが、昔はそうではなかった。

親に捨てられたことから塞ぎ込み、他者との深い関わりを拒んで。始めは拾ってくれたグリアムに対してもなかなか心を開かなかった。

そういう事情を知っているシルキーは、どこか遠いものを見るように目を細めながら言葉を続けた。

「懐かしいよなぁ。そんなリドを最初に変えたのがあのジジイだったわけだ」

「……そうだね。グリアムさんには本当に感謝してるよ」

「感謝か……。この前ループ山脈で野営をした時にナノハのお姫さんもそんなこと言ってたっけか。もしかしてあのジジイ、なかなかすげえやつだったのかもな」

「グリアムさんはもしかしなくても凄い人だったよ。あの人と出会わなかったら、今の僕は間違いなくここにいないからね」

「はっはっは。それはあのジジイも天国で喜んでるだろうぜ」

「ふふ。グリアムさんのことだし、高笑いしてそうだよね」

心地の良い夜風が吹き抜けた。

それが火照った体にちょうど良くて、リドは静かに息を吐き出す。

「それにしてもリドよ。さっきの話じゃないが、よく左遷を命じられて折れなかったよなぁ。努力を重ねてこれからって時に、あんな仕打ち喰らったら落ち込むのが普通だと思うぞ」

「それは……。王都を出て最初に出会ったのがミリィだったからかもね」

「……」

シルキーは少しだけ驚いた顔をして、琥珀色の瞳をリドの方へと向ける。

そこでミリィの名前が出てくるのかと、意外だったからだ。

「危険を顧みずに、自分の大切なもののために真っ直ぐで。そんな子が頑張っているのを見ていたら、落ち込んでいる場合じゃないなってね」

「……なるほどな」

シルキーからすれば、いつもミリィが一方的にリドを強く慕っているように感じていたのだが、リドもリドでミリィに対し尊敬の念を抱いていたのだ。

グリアムと同じくミリィもまた特別な存在なのだと、そういうことなのだろう。

それがシルキーには少し、嬉しい気がしていた。

「まあ確かに、あの真っ直ぐな感じは吾輩も嫌いじゃないけどな」

シルキーは言って、楽しげに笑う。

思えば、ラストアに向かう道中でミリィと出会ったのが色んなことの始まりだったんだなと、シルキーは感慨深く頷いていた。

「本当に僕は人との縁に恵まれているなと思うよ。僕を追ってきてくれたエレナもそうだし、今回の件でナノハや獣人たちとも関わることができた。そういう縁が、僕にとって特別なものなんだなぁって。もちろん、シルキーとの縁もね」

「まったく、相変わらずクサいことを平気で言う奴だ。まあでも、お前らしくもあるがな」

シルキーはそろそろのぼせてきたなと、リドの頭の上に移動する。

フサフサの毛が大量にお湯を含んでいたせいで、リドの頭からはポタポタと水滴が落ちた。

さすがに今は頭の上に乗らないでほしいなと、リドはシルキーを肩の上に移動させる。

「さて、そろそろ上がるか。さっき一緒になった獣人たちから、温泉上がりに飲む牛の乳が最高だって聞いたんだ。一杯やろうぜ」

「はいはい」

いつも通りの調子に戻ったシルキーに苦笑し、リドは湯船から出ることにした。


一方その頃、女性用の浴場では――。

――ブクブクブク。

数日前とは逆の形で反撃を受けたミリィが、恥ずかしさのあまり湯船に顔を埋めていた。

九章　大精霊の召喚

「それじゃシラユキ。数がちっとばかし多いですが、お願いするです！」

「ピュ、ピューイ！」

ムギが麻袋をシラユキの足に巻き付ける。

その袋の中に入っていたのは、《ユーリカの里》で開かれる収穫祭に関する招待状だ。

ラストアやファルスの町、王都グランデルといったヴァレンス王国の各地や、ここブルメリアの中でも《ユーリカの里》の近隣に位置する村々に向けて。

シラユキが運ぶ手紙を介することで、遠方とも連絡を取り合えるようになっていたリドたちは、収穫祭を機に《ユーリカの里》に人を招くという計画をいよいよ実行に移していた。

「さて、これで大勢の人が来てくれると良いですわね」

「きっとたくさん来ますよ！　これまでも手紙でやり取りしてたらこの里に興味を持ってくれる人が多くいましたし！」

ミリィが意気揚々と胸の前で手を握り、周りにいた里の獣人たちも自信ありげな笑みを浮かべている。近頃はリドたちだけでなく、里の獣人たちも目まぐるしい活躍を見せていた。

その理由はリドが里の改革の合間を縫って行った天授の儀にある。

元々高い身体能力を持つ獣人族だ。リドが行った天授の儀により、今では里の防衛や周辺の魔物討伐、施設の拡充に近隣の道の整備など、多方面でその力を発揮するようになっていたのだ。

「しっかし、この里もだいぶ変わってきたよなぁ。こりゃミリィの姉ちゃんたちが見たら驚くぞ、きっと」

「本当に、貴殿らのおかげだな。先日リド殿に行っていただいた天授の儀の成果も素晴らしいものであった。辺境の土地にある一つの村に過ぎなかったラストアが聖地として認定されたのも、頷きしかないな」

飛び立つシラユキを見送りながら、族長であるウツギもまたリドたちに感謝の意を告げる。

「ナノハのお姫さんがラストアに来て、ぶっ倒れた時にはどうなることかと思ったもんだったが……。これも『雨降って地濡れる』ってやつだ」

「……シルキー様。その言葉、たぶん間違っていますね。雨が降って濡れるのは普通かと」

「ん、そうか？　じゃあ『近頃の行いがいいから』ってやつだな」

「日頃の行い、ですね……」

そろそろナノハも慣れてきたようで、思い切り言い間違えているシルキーの頭を苦笑しながら撫でていた。

収穫祭まではあと三日。

それまでに万全の態勢でおもてなしをできるよう、そして来てくれた人たちに楽しんでもらえるようにと、リドたちはまた今日も里の整備に取り掛かる。

その日の午後――。

「あ……」

顔に何かの感触があり、リドは空を見上げる。

どんよりと曇った空。そして湿気を帯びた生ぬるい風。

《ユーリカの里》に、ぽつりぽつりと雨が降り始めていた。

★★★

「雨、やみませんねぇ……」

《ユーリカの里》に滞在することになってから用意された家屋の中で。

ミリィが外に降る雨を見上げながら呟く。

雨脚は徐々に強まり、屋根が叩かれる音も段々と強くなっていた。

「吾輩、雨はあんまり好きじゃないぞ。このフサフサでカッコいい毛並みが重たくなってしまうからな」

「そんなにボヤくものじゃありませんわよ、シルキーさん。後で私がブラッシングして差し上げますから」

「うむ、くるしゅうない」

「やれやれ、ですわ」

シルキーとエレナのやり取りを見てリドは笑みを浮かべたが、外に降る雨はより一層激しさを増しているようだ。

地面には水溜まりができ、その中に大きい波紋が広がっている。

（前に設置した漁場とか橋とか、大丈夫かな？　そう簡単には壊れないと思うけど。収穫祭も間近に迫ったこの時期なのに……）

窓の外を見上げながら、一向に止む気配のない雨にリドは焦燥感を募らせていった。

「失礼します」

不意に扉が叩かれ、そこから姿を現したのはナノハだった。

雨除けの外套を身に纏い、駆けてきたためか少しだけ息を切らしている。

「皆さんお集まりでしたか」

「ナノハさん。雨、大丈夫でしたか？」

「ええ。近い距離でしたから」

ナノハが被っていたフードを取ると、獣耳がピンと立つ。

そんな姿ですら絵になるなと、ミリィやエレナは呆けた表情を浮かべていたが、すぐに雨を拭くための布をナノハに手渡した。

それから暖炉の薪の量を増やし、ミリィが温かい紅茶を淹れ、皆で卓に着く。

そうして一同は間近に迫った収穫祭について簡単な確認を済ませていった。

「しかしあと三日か。それまでに雨、止むといいんだけどね」

「そうですわね師匠。せめて皆さんが来る時には晴れていないと、山道なんかを歩くのも大変そうですわ」

しとしとと振り続ける雨音を聞きながら、リドとエレナは紅茶を啜る。

ふと何かが気になったようで、シルキーがぴょんと卓の上に飛び乗り、ナノハに話しかけた。

「そういえばナノハのお姫さんよ。稲って雨が降っても大丈夫なものなのか？　せっかく実が生ったのに雨で全部地面に落ちちゃったりしないか？」

「ええ。稲は力強いですから、これくらいの雨であれば問題ないと思います」

それはリドたちも懸念していたことだったため、ナノハの言葉に皆がほっと胸を撫で下ろす。

「ただ、あまりに強くなると良くないですね。ここ数年ではそんなことはありませんでしたが、昔は収穫前に大嵐が来て、その年の稲が全て駄目になってしまったことがあって……」

「うげぇ、そりゃマズいな。収穫祭なのに収穫できるものがないなんて本末転倒もいいとこだ」

「そうですね。そもそも嵐になったら、招待した方たちが来れなくなるでしょうし。そうなれば収穫祭も……」

良くない想像を浮かべてしまい、リドたちは揃って沈黙した。静寂の中に暖炉の薪が爆ぜる音と強くなる雨の音が響き、より不安を掻き立てられる。

そうして沈んだ空気が流れる中、シルキーが切り替えたように声を上げた。

「ま、お天道さんの気まぐれを考えても仕方なかろう。雨が降りゃ地は固まるんだろ？　なら、とりあえずメシでも食って元気出すとしようぜ」

「おお、シルちゃんが言い間違えていません」

「シルキーさんも成長しましたのね。私、嬉しいですわ」

「んむ。何だか微妙に馬鹿にされているような気がしなくもないが、まあ良しとしよう」

ピンと尻尾を立てて言ったその姿が可愛らしくて、皆が笑顔になる。

「はは。やっぱりシルキーはシルキーだね」

「湿気た面しててもしょうがないしな。前向きにいくとしようぜ」

「そうだね。その通りだ」

強くなる雨を見ながら、しかしリドは顔を上げる。

（シルキーの言う通りだ。まずは自分たちにできることをしよう）

そうして、リドは降り続く雨に負けないように決意を新たにした。

★★★

収穫祭まであと二日。

リドたちの願いとは裏腹に、雨は強くなっていた。

「風も出てきたね……」

「こりゃいよいよ嵐かもなぁ」

リドとシルキーは揃って窓の外を眺めながら呟く。

午前中に稲の様子を見に行ったところ、幸いにもまだ実が落ちるような状況ではなかったが、気になるのは風の方だ。

ナノハの話によれば強風で稲が倒れてしまうなんてこともあるらしく、そうなれば収穫に支障をきたしてしまう可能性もあるだろう。

気分が沈まないよう皆が明るく振る舞っていたが、現実問題としてこの雨で収穫祭がどうなってしまうのかという不安は募るようになっていた。

「はぁ……。この雨をどうにかできる方法でもあれば良いのですけれどね」

「あ、そういえばリドさん。スキルでどうにかしたりできないんでしょうか？　こう、天候を操作するスキルとか」

「うん。一応、局所的に天候を操作するスキルなんかもあるにはあるけど一時的なものだしね。それに、ここまで大規模な悪天候となると……」

「スキルによる解決は難しい、ですかね……」

昨日よりも更に雨は激しくなっており、状態は嵐と言っても差し支えないだろう。

風の音が轟々と響き渡り、リドたちが今いる家も揺れている。

収穫祭のことだけでなく、《ユーリカの里》全体としても気にかかる状態だ。

「……」

何かできることはないかと、リドは思考する。

古い教会の聖典なんかでは「天候を操り人々の暮らしを救った神が現れた」なんていう逸話が登場したりするが、あくまでお伽噺の世界である。

現実にそこまで天候を操作し得る人間などいない。

そう、思われた――。

(嵐を収める方法……)

しかしリドは、そんな状況に抗おうとする。

強くなる一方の雨。そして吹き荒れる風。

そんな状況を覆す策は何かないかと。

(そういえば、昔グリアムさんから話を聞いたことがあったっけ。この世界には天候を司る大精霊がいるとか……。そして、その大精霊を喚び出す方法なんかも存在すると……)

大精霊――。

リドがここ《ユーリカの里》に来る前、村の子供たちに行った青空教室でも話していたことだ。

様々な影響を与える精霊の中でも上位の存在。その中に、天候を司る大精霊がいると。

かつてのグリアムとの話を手がかりに、リドは記憶を掘り下げていく。

グリアムからの話はいつも冗談めかした調子で語られることが多かった。そしてそれは天候の大精霊に話が及んだ時も同じ。強い雨の続く日があり、その時にグリアムはリドに向けて言ったのだ。

――この世界には覆せないものなんてないさと。

――リドが良い子にしていれば明日にはきっと晴れていると。

そう言ってグリアムが出かけた次の日、不思議とそれまで降り続いていた雨が止み、晴れ間が広がっていて。

それがグリアムの仕業であることが、リドには何となくわかった。

そして、リドは何故そんなことができるのかとグリアムに尋ねたのだ。

返ってきた言葉は「大精霊にお願いしたのさ」という、いつもの調子で冗談めいた言い方だったが、リドにはそれが冗談であるようには思えなかった。

「……」

思考を巡らせ、幼い頃のグリアムとの会話を思い起こし、そしてリドはその方法に辿り着く。

(そうだ。確かグリアムさんはあの時……)

リドは立てかけてあった《アロンの杖》を手に取り、そして雨除けの外套を纏った。

突然の行動に驚いた面々がリドに声をかける。

「リド様？　どこかに行かれるのですか？」

「うん。この嵐を止める方法を思い出したんだ」

「え……？」

その言葉に皆が驚くのは当然だった。

外で降り続いている雨は普通の強さではない。

風も吹き荒れており、外に出ることすら危ぶまれるという状態になってきている。

しかしリドは皆にニッコリと笑いかけ、そして告げた。

「収穫祭、成功させなきゃだしね――」

外に出ると、やはり通常とは異なる規模の悪天候だった。

《ユーリカの里》の木々が強風に揺れており、雨は叩きつけると表現して良いほどの強さで降ってきている。

こんな中で何かをするというのは危険な行為だと、誰もが思うだろう。

しかしリドは構わず、ある場所を目指して歩き出す。

「リドさん！　こんな嵐なのに無茶ですよ！」

その後を追って、ミリィが駆けてくる。

ミリィだけではない。エレナやナノハ、そしてシルキーも。

リドは「みんなは建物の中にいてほしい」と伝えていたが、それで大人しく待っているような連中ではない。

皆、雨に濡れるのを構わず、リドを追ってきた。

「やれやれ。相棒のことだからまた何か企んでるんだろうがな。事情も聞かず大人しくしているほど聞き分け良くはないぞ」

「そうですわ師匠。こんな雨の中で一体何をしようとしているんです？」

「そうだね、ごめん。ちゃんと説明しなきゃだね」

リドはこれから何をしようとしているのか、皆に話していく。

昔、グリアムが語っていた内容について。

それを教えてくれたグリアムが実際に雨を止めたこと。

――そしてその方法として、天候を司る大精霊に干渉するという手段があるということ。

「天候を司る大精霊……。そういえばそのような存在がいること、獣人族の中にも伝承として伝わっていましたね」

リドの説明を一通り聞き終え、ナノハが声を漏らす。

「そうなんですか、ナノハさん？」

「ええ。といっても、それはお伽噺のように語られているものでして。親が子供の躾のために用いられるような存在なのですが」

「なるほど。精霊の話が子供の躾のために使われるのは私たちの村でも同じですね。でも、リドさんの話は……」

「うん。実際にグリアムさんは雨を止めてみせたことがあったからね。そして、僕はそれをどうやったのかについて聞いたことがあるんだ」

リドは言って、また皆に笑いかける。

これからリドがやろうとしていることは、かつてグリアムが実践した天候を変える方法だと、要はそういうことだ。

「でもよ、あのジジイが言っていたことなんて本当かわからないぞ。いつも冗談みたいなことを大げさに言うジジイだったしな。それにその時のことは吾輩も何となく覚えちゃいるが、今の嵐の方がよっぽど強いんだぞ」

「確かにグリアムさんはそういう言い方をする人だったけどね。でも、僕にはあれが嘘だとは思えない。それに、何とかできるかもしれない方法があるなら、やってみた方がお得じゃない？」

「はぁ……。何だかその言い方、あのジジイっぽいぞ」

シルキーは溜息をついたが、同時に察してもいた。

ああ、これは止めても絶対に聞かないやつだなと。

王都を左遷されてラストアに行くことが決まった時と同じ表情をしてやがるなと。

「わかったよ相棒。やってみればいいさ。お前なら、本当にこんな嵐でも何とかしてくれそうだしな」

「うん。ありがと、シルキー」

リドとシルキーがそんなやり取りを交わす一方で、他の面々もまた、リドにある感情を寄せていた。

これまで数々の奇跡とも言える所業を成してきたリドである。

ならば、この嵐を止めることすらやってのけるのではないかと。

それはきっと、信頼というものだった。

★★★

「よし、それじゃ始めるね」

リドがやって来たのは稲穂の海が見える丘だった。

この《ユーリカの里》に来てから、仲間たちと多くの時間を過ごすようになっていた丘だ。

リドはその場所で《アロンの杖》を掲げ、何かを念じた。

今もまだ雨は降り続き、強い風が吹いている。黒雲の合間に雷が鳴り響き、このままいけば眼前に広がる稲も無事では済まないことは明らかだった。

しかし、そんなことはさせないと。

大錫杖を手にしたリドは強い意志で念じていた。

「でも、リド様は一体何をするおつもりなのでしょうか？」

遠巻きにそれを見ていたナノハがぽつりと呟く。

傍にはミリィやエレナもいて、皆が雨に濡れるのを構わずリドを見つめていた。

「たぶん、あのジジイがやったのと同じことをやろうとしているんだろうぜ」

「グリアム様がやったことと同じ？」

「うむ。天候を司る大精霊を喚び出そうとしているんだ」

ナノハに抱えられたシルキーが言って、皆が息を呑む。

「天候を司る大精霊……。確か、獣人族に伝わる名では『バラウル』と……」

「そう、それだ。そんなことをあのジジイも言っていたな」

「では、リド様もそのバラウルという大精霊を召喚しようとしているのですね」

「ああ。ただ、あのジジイでも一日はかかったことだ。それに、今の天候はあの時よりもずっと激しい。そんな中で大精霊を喚び出せるまでリドの体力が持つかどうか」

「リド様……」

大精霊の召喚。

それは古い伝承の中でも創作として語られるような出来事だ。現実にそれを実行した人間がいるなどという記録はどこにも残ってはいない。

そもそも、大精霊よりも下位の存在である微精霊を召喚するスキルですら非常に希少と評されるほどなのだ。

今のリドは、この嵐の中でそれを成そうとしていた。

「リドさんはどうやって大精霊を召喚しようとしているんでしょうか？　創作として伝わる古い文献などにも、その具体的な方法までは書かれていなかったはずですけど」

「そうですわね。何か神器を使うのかと思っておりましたが、そうではないようですし」

「いや、神器は使うさ。あの杖を持っているだろ」

シルキーの言葉で皆がリドの方を見やる。

リドは稲穂の海を前に立ち、大錫杖を手に精神を集中させていた。

「じゃあ、《アロンの杖》が？」

「んむ。ミリィたちはあの杖で光弾を撃っているのを見たことあるだろう？」

「は、はい」

「あれはな、正確に言えばあの杖から発生しているものじゃない」

「そうなんですか？」

リドが愛用する《アロンの杖》――。

言わずもがな、これまで幾度となくリドを支えてきた神器である。

無数の光弾を射出し、数多の強敵を屠ってきたその神器だが、シルキーによればそれは《アロンの杖》の効果によるものではないという。

「でもそれだと、あの光弾は一体……」

「あれはリドの魔力を具現化したものさ」

「魔力の具現化？」

「ああ。《アロンの杖》の効果は、持ち主の魔力を形にして外へと放出するものなんだ。光弾を撃っていたのも謂わばその効果を応用したものだな」

「なるほど。だから魔力を喰らう土喰みには効果がなかったんですね」

「そういうことだ」

要するに、《アロンの杖》から撃ち出す光弾はリド自身の魔力そのものだと、シルキーは語る。

まさに膨大な魔力量を有するリドが扱うのに最適な神器であり武器というわけだ。

「そういえば、バラウルという大精霊は魔力に引き寄せられる存在だと伝承の中にありましたね。土喰みと同じような類だと思うのですが」

「ナノハのお姫さんの言う通りだ。そんで、リドもあのジジイからそんなことを聞いていた。だから

《アロンの杖》で自分の魔力を餌に喚び出そうとしているんだろうぜ」

「そんなことが……」

シルキーの話を聞いて、ミリィは合点がいった。

土喰みの時も、橋を架ける時も、自分に魔力を共有してくれた時、リドはいつも《アロンの杖》を片手に持っていた。

今まではその原理が不明だったが、魔力を人に受け渡すというあの行為も《アロンの杖》という神器を用いることで可能にしていたのだろう。

そうして、皆がリドを見つめる。

その視線の先でリドは《アロンの杖》を掲げ、そして呟いた。

「神器、解放――」

途端、戦闘の時に放たれる光弾とはまた違う光が辺りに満ちていく。

それは光の粒子であり、おびただしい量の魔力がリドの周りに溢れていた。

光はリドの体から放たれ、煙のように空へと昇っていく。それは空に浮かぶ黒雲に溶け込むようにして広がっていった。

（く……。やっぱり魔力を放出し続けるのは辛いな）

冷たい雨に打たれている影響もあるだろう。既に雨除けの外套は意味を持たず、雨が容赦なくリドの体温を奪っていた。

が、リドはそんなものお構いなしという風に、その場で自身の魔力を放出し続ける。

「エレナさん。ナノハさん。シルちゃん――」

「ええ、そうですわね」

「リド様だけに頼ってはいられません」

「だな」

そんなリドの姿を、皆が黙って見ているわけはなかった。ミリィが植物を操作し、大きな葉をリドの頭上に生やす。

それは冷たい雨からリドを護る効果があった。

エレナやナノハ、シルキーも、他の獣人たちに声をかけるべく奔走し、リドの体力の消耗を防ぐ手立てがないか策を講じた。

まもなくして《ユーリカの里》の住人たち全員が集まっていた。

体力の消耗を抑えることのできる力を持つ者はスキルを使用し、他の者も風雨にも負けないよう大規模な篝火を焚いて周囲の温度を保ったりと。

それぞれがそれぞれの形でリドを支援し、声援を送り続けた。

「みんな……」

そういう皆の想いを受けて奮い立たないリドではない。

既に魔力を放出し始めて三時間ほどが経過していたが、そんなことは知ったことではない。

体力も消耗し、体温も奪われ続けていたが、それもまた、知ったことではない。

《アロンの杖》を握り、皆のためにと祈り続ける。

そこにはひたすらに献身を捧げる少年神官の姿があった。

それからまた数時間が経過し――。

「おお……」

ウツギが声を上げ、目を見開く。

そこに現れたのは一匹の竜だった。

竜はリドから放たれる魔力の奔流の中を気持ちよさそうに泳いでいる。

天候を司る大精霊、バラウル――。

かつてリドがグリアムから聞いた大精霊の顕現。

その奇跡が、今まさに目の前で起こっていた。

やがて、黒雲を切り裂くようにして空から光が差してくる。

風も止み、雷雨も止んで。

バラウルは豊潤な魔力を供給してくれたリドに感謝するかのように、空中でくるりと一回転してみせる。そのまま空の高い所へ昇ると、まだ残っていた黒雲へと突き進んでいく。

まるで、召喚者に仇なす者を捕食するかのような光景だった。

間もなくして、遮るもののなくなった太陽の光が稲穂の海へと、そしてリドたちへと降り注ぐ。

それはまさしく、《ユーリカの里》にとって祝福の光だった。

十章　収穫祭

「よう。目を覚ましたか、相棒」

リドが目を開けると、シルキーの顔が近くにあった。

意識にまだ靄がかかっていて、どうやら気を失ってしまったのだとリドは悟る。

「まったく、無茶をするもんだ。あんなに長いこと魔力を放出し続けるとはな」

「はは……。心配かけてごめんね」

覗き込んでいた愛猫の頭をそっと撫でて、リドは辺りの様子を見渡した。

誰かが家の中へと運んでくれたらしい。

薪が多めに入れられた暖炉が赤々と燃えていて、部屋は温かな空気に満ちている。

「シルキー。大精霊は……」

「なんだ覚えてないのか。うまくいったようだぞ。雨雲をバクバク喰うみたいに消した後はどこかへ行っちまったがな」

「そっか。良かった……」

シルキーの言葉にリドはほっと安堵の溜息を漏らす。

「ところで、僕はどのくらい……」

「丸一日ってところだな。ああ、収穫祭はまだだから安心していいぞ。もっとも、主役なしになんて考えは獣人の奴らにもないだろうがな」

「はは……。僕は主役じゃないけどね」

「ま、お前がいなきゃ始まらないってのは事実だろうよ」

調子良く言ったシルキーの声を聞きながら、リドはベッドの上に体を起こした。

気を失っていた割には体が軽いなと、リドは何があったのかシルキーに尋ねる。

「ああ、ミリィの薬草のおかげだろうよ。ナノハのお嬢さんが倒れていた時と同じだな」

「ミリィが？」

「んむ。それはそれは熱心に看病してくれていたぞ」

言って、シルキーはニヤリと口の端を上げる。

もう少し詳細に述べれば、リドの体を拭く際にシルキーがからかい、それでミリィは照れてというい
つもの光景が繰り広げられていたのだが。

そういう事情を知らないリドは「後でちゃんとお礼を言わなきゃね」と無垢な感想を抱いていた。


「う、わぁ……」

外に出て、リドは息を呑む。

そこには青空が広がっていた。抜けるような空とはまさにこのことを言うのだろう。

《ユーリカの里》によく似合う景色だなと、リドは心地の良い空気を胸いっぱいに吸い込む。

「くっくっく。お前が大精霊を喚び出したおかげだな」

いつもの位置に収まったシルキーからそんな声がかけられる。

まさしくこの景色はリドの力によるものだったが、当のリドは自分の力だけじゃないなと、微笑を浮かべていた。

「リドさん！」

声をかけられて振り返ると、ミリィが駆けてきた。

ミリィだけではない。

エレナやナノハもいて、皆が慌てて近づいてくる。

「リドさん！　目を覚まされたんですね！」

「うん。おかげさまでね」

「良かった……」

ミリィは心底ほっとした表情を浮かべ、胸に手を当てる。

その表情はどこか印象的でリドははっとするが、咳払いを挟んで皆と向かい合った。

「師匠、もう起き上がって大丈夫なんですの？　お体は？　気持ち悪かったりしませんか？　ふらついたりとかは……」

「はは。心配してくれてありがとう、エレナ。体も軽いし大丈夫だよ。ミリィの薬草のおかげだね」

「そうですか……。本当に何よりですわ」

どうやらかなり心配をかけてしまっていたらしいなと知り、リドは恐縮した笑みを浮かべる。

シルキーから聞いたことだが、意識を失っている間、ミリィだけでなく、エレナやナノハ、それに他の獣人たちも代わる代わるで世話をしてくれていたらしい。

そんなに気にかけてくれたとは嬉しいなと、後でみんなにも感謝を伝えないとなと、リドは自分の胸の内で呟いた。

「リド様――」

声をかけられて見ると、ナノハがリドを見つめていた。

胸の前で手を握り、真っ直ぐな瞳を向けている。

「リド様、本当に……本当にありがとうございました。あんなになるまで、私たちの里のために……」

「ううん。僕は僕にできることをしようと思っただけだから」

「リド様……」

ナノハの目は少し潤んでいて、紫の瞳が淡く輝いていた。

やれやれ、またいつものお人好しっぷりの発揮だなとシルキーが溜息をつき、空を見上げる。

太陽の光が降り注ぎ、リドたちを優しく照らしていた。

★ ★ ★

「さて、いよいよ当日か」

「わくわくしますね！」

「橋の点検もバッチリ。おもてなしの準備もバッチリ、ですわ！」

翌日、《ユーリカの里》の入口付近にて――。

収穫祭当日を迎え、リドたちはそわそわしながら招待した者たちの到着を待っていた。

ミリィやエレナは興奮を隠しきれない様子で、ナノハは少し不安げな様子だ。

「ち、ちょっと緊張しますね。皆さん、来てくださるでしょうか？」

「大丈夫だと思うよ。事前にシラユキが届けてくれた手紙でも行くと返事をくれた人がたくさんいたしね」

「だと良いのですが……」

それでもナノハはまだ落ち着かないらしく、尻尾をゆらゆらと振っていた。

すると――。

「あっ！　お姉ちゃーん！」

ミリィが声を上げて手を振る。

その視線の先には、歩いてくるラナやラストア村の面々がいて、ミリィの声に手を上げて応じていた。

リドが隣に立つナノハに微笑み、声をかける。

「ほらね？」

ナノハはその言葉にこくりと頷き、安堵したような、けれどとても嬉しそうな笑みを浮かべていた。

★
★
★

「リド君、久方ぶりだな」

「お久しぶりです、ラナさん」

ラストア村の者たちが来てから少しして。

里の各所や虹色鉱床の見れる洞窟など、一通りを見て回ったラナとリドが話をしていた。

「ミリィは足を引っ張っていないか？」

「とんでもない。むしろこの前僕が倒れた時はずっと看病してくれていたらしくて。ミリィには本当に感謝しています」

「そうか。聞いたところによると随分無茶をしたそうじゃないか」

「はは……。里の人たちの大切な場所が壊されるのを黙って見ていられなくて」

「ふふ、君らしいな」

ラナは言って、広場に集まった獣人たちを見やる。

後から到着したファルスの町やブルメリアの住人たちもいて、和気あいあいと交流しているようだった。

今はウツギとラストア村のカナン村長がやり取りしていて、今後の交易などについても話し合いが行われているらしい。

「あの白い鷹が送ってくれた手紙にも書いてあったが、本当に良い所なのだな、《ユーリカの里》というのは」

「はい。獣人たちもとても温かい人たちばかりですしね。僕が倒れていた間もみんなが気にかけてくれて。本当に良い所だと思います」

「ふっ。君が執着する理由もわかる気がするよ、リド君」

それから二人は互いの近況を報告し合っていく。

最近のラストアでは冬支度の準備で忙しくなっていること、リドから天授の儀で授かったスキルが大活躍していることなどなど。

そんな話を聞きながらリドは、ラストアに戻ったらやることがたくさんあるなと思いを馳せていた。

「リドのおにーさん！　そんなところでなにしてるです？」

ムギがぱたぱたと駆けてくる。

ムギはそのままリドの腰の辺りに抱きつき、嬉しそうにフサフサの尻尾を振った。

「ムギ、どうしたの？」

「リドのおにーさんが来てくれないからムギが呼びに来たです！　ふぁるすの町？　の人とか他の所から来た人たちもリドのおにーさんにきょーみしんしんでしたですよ」

「はは、そっか。それなら挨拶しに行かないとね」

「うむ、そーするです！」

ムギは屈託なく笑ってまた尻尾をぶんぶんと振り回す。

その様子をじっと見つめ、ラナは何かを考えているようだった。

「あ、ラナさん。この子は――」

リドが説明しようとしたが、ラナは何故か固まって動かない。

一方でラナに気づいたムギが、くりんとした瞳を向けた。

「おっと、いけねーです。初対面の人にはきちんとごあいさつしないとですね。おねーさん、こんちはです！」

ムギに頭を下げられてもなおラナは固まったままだ。

「ラナさん？」

不思議がったリドが声をかける。

と――。

「か、可愛い……」

普段はクールなラナから、そんな声が漏れてきた。


「でも、残念だったね」

「ん？」

シルキーを肩に乗せながら歩き、リドがぽつりと呟く。

「ラクシャーナ王とバルガス公爵がね。収穫祭に来れたら良かったなと思って」

「ああ、それな」

シルキーがリドに応え、ぴくぴくと耳を動かす。

リドたちはもちろんラクシャーナとバルガスにも収穫祭に招待する旨を伝えていたのだが、二人は《ユーリカの里》には姿を見せていなかった。

事前の手紙でも「ぜひ行きたいが、色々と調べることがありどうなるかわからない」と返事があったのだが、生憎という状況だったようだ。

(でも、調べることって何なのかな？　僕にできることなら協力したいけど)

リドはラクシャーナからの手紙に書いてあった内容を思い出し、空を見上げた。

すると、隣で歩いていたエレナはぷくっと頬を膨らませ、不満をあらわにする。

「まったくもう。お父様ってば、今日くらいは時間を作ってくれても良かったですのに」

「はは。でも、バルガス公爵は色々と協力してくれたからね。ファルスの町の人たちを通じて物資もたくさん送ってくれたし」

「ま、仕方ねえんじゃねえか？　あの二人は立場もあるし、何かと忙しそうだしな」

「それはわかっているのですけれども」

リドとシルキーがフォローを入れたが、エレナはなおも不満げな様子だった。

また改めて二人を招待したいなと、ナノハともやり取りしながらリドは苦笑するのだった。

「さて、収穫祭のメインだな」

訪れた者たちに《ユーリカの里》の各所を案内して回ったその後で。

一同は《ユーリカの里》でも一番の名所である稲穂の海が見える丘までやって来る。

「おお。これは見事なものだな」

ラナが感嘆の声を漏らし、他の者たちもその景色に息を呑んでいた。地平を黄金色に染め上げたかのようなその光景はまさに圧巻で、まさに豊穣の大地を称するに相応しい。

それはリドたちが、様々な障害を乗り越えて手に入れた景色でもあった。

「皆様。改めて本日はこの《ユーリカの里》にお越しいただき誠に感謝申し上げます」

丘の上で、族長のウツギが招いた人々に挨拶を述べる。

《ユーリカの里》の成り立ちが語られ、そして話は先日までこの里を苦しめていた事件についても及んだ。

少年少女らによって危機を乗り越えることができたこと、数多くあった問題に対しても多くの貢献があり、今ではこの《ユーリカの里》もめざましい発展の途中にあることなどが触れられると、自然と拍手が湧き起こる。

数々の称賛を向けられたリドは照れくさそうにしながらも、どこか誇らしい気持ちを胸に浮かべていた。

「それでは私、ナノハより収穫祭についてご説明させていただきます」

ウツギに代わり、ナノハが収穫祭に関して説明を始める。

これから黄金の稲穂を皆で刈り取り、大地に感謝する儀を行う予定だと。

その説明が終わると、ほどなくして開始の宣言が為された。獣人たちは一斉に声を上げて駆け出し、リドたちもまた稲の収穫に参加する。

賑やかな雰囲気の中でリドは実りに実った稲を刈っていたが、その中に変わった稲穂を見つけてナノハに問いかけた。

「ナノハ、これ何だろう？」

その稲は通常の小麦色とは異なり、赤みを帯びている。

見たところ周囲にはなく、どうやら珍しい品種のようだ。

リドが持ち上げた赤い穂を見たナノハは、くすりと笑って問いに答えた。

「それは赤米と言いまして、獣人族の間ではちょっとした言い伝えがある稲なんです」

「言い伝え？」

「ええ。色違いの稲を刈った者には幸福が訪れるという言い伝えです。特に、赤い稲を刈った者どうしは強い絆で結ばれるとされていますね。その……主に恋愛的な意味合いで」

「そ、そっか」

説明を受けて、リドは少し恥ずかしそうにはにかむ。

と同時に、その説明を傍で聞いていたミリィとエレナが目の色を変えて駆け出した。

無論、赤い稲穂を見つけるためである。

そんな二人を見ながらシルキーがやれやれと溜息をついた。

ナノハも始めは苦笑していたが、きゅっと胸の前で手を握る。

それは純情な決意を伴ったもので、ナノハはミリィとエレナを追って駆け出していった。

そうして皆で稲を収穫し、その年の収穫祭は例年よりも大盛り上がりの一日となる。

結局誰か一人が、なんてことはなく、躍起になって稲を刈っていた者たちは皆が赤い稲穂を手に入れていた。

エピローグ

「――ナノハよ。ラストアに行ってみる気はないか？」

ウツギがそんな提案を告げたのは、賑やかな収穫祭が終わった翌日のことだった。

慌ただしかった稲穂の収穫が終わり、訪れた面々に新米が振る舞われ、夜は食事と酒で大盛り上がりとなり、新たに増設された温泉施設も賑わい、そして夜が明けて――。

各地から訪れていた人々が自分たちの村に帰還するのを見送った、その後でのことだ。

ウツギはナノハに話があると言って自室に呼び寄せていた。

その場にはリドたちもいて、ナノハはそれでおおよその事情を察しつつも、ウツギに向けて尋ねる。

「私が、ラストア村に……？」

「うむ。此度の一連の件、里の窮地を乗り越え、ここまでの発展を遂げることができたのは、言わずもがなリド殿たちの尽力のおかげだ。そして、リド殿たちからはまだまだ学ぶべきことがあると考えている」

「……」

「しかし、無論リド殿たちはラストア村に帰らなければいけない身。ずっとこの里で教えを乞うわけにもいかぬ」

「……ええ、そうですね」

「そこで、《ユーリカの里》から人を向かわせるのはどうかと考えたのだ。ラストアとは今後の交易などでも特に関わることになるしな。ラストアの方々と直接関わることで学ぶ機会は当然増えるだろうし、我ら獣人族としても有益なこととなろう」

隣で聞いていたリドが「もちろん、ラストアにとっても良いことだしね」と付け加え、ナノハに笑いかける。

「なるほど。そこで私がラストアに向かってみてはどうかというお話に？」

「そうだ。無論、お前が望むならだが」

「……」

「昨日、リド殿たちやラストア村の方々とも話してな。皆はナノハさえ良ければと言ってくれた。今すぐにとは言わん。考えてみてほしいということだ」

ウツギは言いつつも、ナノハに笑いかける。

答えを聞くまでもないかもしれないがと、言わんばかりに。

「今この場でお答えしますよ、お父様――」

ナノハはウツギに、そしてリドたちに笑みを返して告げる。

その答えは、決まりきっていた。

★
★
★

「それではみんな、行ってきますね」

翌朝――。

リドたちと共にラストアへ発とうとするナノハを見送ろうと、大勢の獣人たちが広場に集まっていた。

「うぅ……。姫さま、お元気でですぅ……」

「ムギったら、大げさですよ。ここラストアではそう離れていませんし、シラユキに頼んで手紙でやり取りすることもできるんですから」

「そーは言っても、寂しいもんは寂しいです」

ムギはナノハに撫でられながら、くしゃりと顔を歪める。

確かにムギを抱いて眠れなくなるのはちょっと寂しいかもしれないなと、ナノハは苦笑した。

「ムギもこんど、ラストアに顔出すです」

「そうですね。楽しみにしていますよ、ムギ」

そうして、ナノハにぎゅっと抱きついていたムギは名残惜しそうに離れる。

「お父様、行ってまいります」

「うむ。ナノハのことだから心配はいらぬと思うが、無茶はせぬようにな」

言いつつもウツギはどこかそわそわした様子だった。

一族の長とはいえ人の親。そこまで遠くはないとはいえ、やはり一人娘が離れるのは不安なようだ。

「ふふ、大丈夫ですよお父様。リド様たちもおりますし、里の方にもたまには戻ってきますから」

「……そうだな」

出発するナノハと言葉を交わした後で、ウツギはリドたちに体を向ける。

「リド殿。それにミリィ殿、エレナ殿、シルキー殿――。本当に、貴殿らには言い表せぬほど世話になった。ぜひ今後も良き関係を続けてほしい」

「こちらこそありがとうございました。また僕たちも《ユーリカの里》にお邪魔させていただきたいと思っています」

「ああ。もちろんその時は里を挙げて歓迎させていただこう」

互いに手を差し出し、リドとウツギは固い握手を交わす。

「それから、ナノハのこと、ぜひよろしく頼む」

「はい、もちろん」

「ふっふっふ。そこは安心してくれて大丈夫だぜ、獣人のおっちゃん。吾輩たちがちゃんと面倒見るからよ」

シルキーが尊大な態度でリドに続いたが、エレナとミリィは乾いた笑いを浮かべる。

「はぁ……。どちらかといえばナノハさんに面倒を見られるシルキーさん、という絵の方が目に浮かびますわ」

「そうですね。ナノハさんの方がどう考えてもしっかり者ですし。シルちゃんがご迷惑をおかけしないようにしないと」

「……お前らが吾輩のことをどう思っているかよーくわかった。吾輩の怒りは有頂天に達したぞ」

「有頂天ならむしろ楽しそうじゃないですか……」

「うるさい。ラストアに戻ったら覚悟しとけよ？」

シルキーはぶすっとした感じで言ったが、フサフサの尻尾を振りながら言っても凄みはなかった。

それからリドたちは獣人たちと別れの挨拶を交わす。

抱えるのが大変なほどのお土産も受け取り、獣人たちの歓声を受けながらリドたちは何度も振り返った。

「リドさーん！　他のみんなも！　本当にありがとうな！」

「また里にも顔を出しておくれ！　いつでも大歓迎だからね！」

「みんな元気でねー！　また一緒に遊ぼー！」

「姫さまー！　お気をつけて！」

そんな声で見送られながら、リドたちはラストアへの道を歩く。

思えば《ユーリカの里》では色々とあったものだなと、リドは自然と温かい気持ちに包まれた。

決して色褪せることのない、豊穣の大地と共に生きる種族たちとの思い出をもらったことに感謝しつつ、リドは前を向く。

これから寒い冬が来る。

ラストアでは雪も降るらしく、帰ったら今度冬支度に追われる日々になるだろう。

（それでも……）

リドは賑やかに会話しながら歩く仲間たちを見ながら、笑みを浮かべる。

それでも、みんなと一緒ならそれは楽しいものになるだろうなと、期待を胸に抱きながら——。

《了》

あとがき

皆様こんにちは。シルキーみたいな猫が飼いたいと思っている作者の天池《あまいけ》のぞむです。

この度は本作の第二巻をお手に取っていただき誠にありがとうございます。


さて、最初にも触れさせていただきましたが、私は猫がとっても好きです。

もし異世界に転生したら、喋る猫と旅したいなと思うくらいには好きです。

本作でもシルキーというふてぶてしくて可愛らしい猫が登場しますが、彼が喋るシーンを書く時は特にノリノリで書いていたりします。

そんなシルキーもたくさん登場する二巻を、約半年ぶりにお届けすることができました。

前の巻では戦闘シーンがそれなりにあったので、今度はリドやその仲間たちがスローライフをしたり、土地を開拓していくようなお話を書こう！　というところから二巻の構想を決めました。

新キャラも登場し、あれも書きたい、これも書きたいを繰り返していった結果、バラエティー豊かな感じに仕上がったのではないかと思います。


そして、本作なのですが、六月よりコミックノヴァ様にてコミカライズが配信開始されております！

私も漫画原稿を拝見する度「あのシーンが漫画だとこうなるのか」「小説にはなかったシーンだ！

すごい！」などといつもウキウキになっております。

須藤由華様の手によりとても面白い漫画にしていただいていますので、ぜひご覧くださいませ。


最後になりましたが謝辞などを。

まずは担当のM様、いつも本当にお世話になっております。一巻に続き二巻も大変なお力添えをいただき感謝するばかりです。

イラストを担当してくださったゆーにっと様。二巻も素晴らしいイラストをありがとうございました。新キャラのナノハやムギのデザイン、とても可愛らしかったです。

本書に関わってくださった方々。皆様のお力のおかげで二巻も無事刊行となりました。いつも大変な作業をありがとうございます。

そして最後に、この本をお手に取っていただいた読者の皆様に最大限の感謝をお伝えしたいです。

本当にありがとうございます。ぜひぜひコミカライズも楽しんでください。

それでは、またお会いできることを願いつつ。

天池　のぞむ

SSS級スキル配布神官の辺境セカンドライフ 2
～左遷先の村人たちに愛されながら最高の村をつくります！～

発　行
2024 年 7 月 16 日　初版発行

著　者
天池のぞむ

発行人
山崎　篤

発行・発売
株式会社一二三書房
〒101-0003　東京都千代田区一ツ橋 2-4-3 光文恒産ビル
03-3265-1881

編集協力
株式会社パルプライド

印　刷
中央精版印刷株式会社

作品の感想、ファンレターをお待ちしております。
〒101-0003　東京都千代田区一ツ橋 2-4-3 光文恒産ビル
株式会社一二三書房
天池のぞむ 先生／ゆーにっと 先生

Printed in Japan, ISBN 978-4-8242-0280-2 C0093
※本書は小説投稿サイト「小説家になろう」（https://syosetu.com/）に
掲載された作品を加筆修正し書籍化したものです。